誰もいない街

高橋徹郎

誰もいない街＊もくじ

装画　大野智湖

一人なら殺していい

街路樹の向こうに輝く虹が立っていた。

夕方の陽のいたずらか、弧を描いた虹の内側の青空を薄紅色に染めている。見たこともない幻想的な景色だった。

「こんな虹があるんだ……」


友池純子と洋次郎の夫婦にとって涼太は遅い子どもで、不妊治療の末ようやく授かった子どもだった。純子は涼太のために仕事を変えて生活のリズムが子ども中心になるようにした。洋次郎は涼太を溺愛し、趣味のゴルフもやめ子どもとの時間を作った。涼太は元気が有り余っていて、ヘトヘトになるまで体を動かさないと寝られなかった。純子たち夫婦もそんな涼太に付き合うことが幸せで、洋次郎は寝る前にはフリスビーやボール投げで遊んでやる。おかげでマンションの下の家族に迷惑をかけることになり、神経質そうな高齢のご夫婦が事情は分かるが限度があると注意しにやって来た。二回目にクレームを言いにきたときには脅しなのか本気なのか金属バットを持ってやって来て、その目は怒っていた。隣近所や下の住人とのいざこざは極力避け、お互いにとって気持ちの良い生活を守るようにしなければならない。純子たち夫婦は涼太が家の中で暴れなくてもいいようになるべく外で遊ばせて体力を使い果たすよう心がけていた。

その日は日曜日で保育園はお休み、洋次郎も仕事だったので純子が一日涼太と一緒に過ごしていた。だがあいにくの雨で外で遊ばせることができず涼太は部屋の中でウズウズしていた。夕方雨が上がったタイミングで純子は涼太を遊ばせようと公園に出る。公園では走り回ったりジャングルジムに登ったりして思いっきり遊んでいたが、猫を見つけるとそちらに興味が向かった。どこかの飼い猫らしく涼太が近づいても逃げず、涼太が撫でると気持ちよさそうに喉を鳴らす。純子がふと視線を上げるとケヤキの向こうに虹が立っていた。

「こんな虹があるんだ……」

純子は涼太にも見せようと思い呼びかけると、先ほどまで猫を撫でていた場所に涼太がいない。涼太は猫を追いかけていた。

「涼太」純子が大声で叫んだ声も届かなかったのだろう、涼太はそのまま道路に飛び出した。

ドン!

小さな涼太の体が空中を飛びアスファルトに叩きつけられた。純子が駆け寄り、頭の下に手を差し入れ抱き上げると頭の骨が砕けて凹んでいた。

「涼太、涼太！」

純子は血だらけの涼太を抱きながら気が狂ったように名前を何度も何度も呼んだ。顔を上げると車から若くて綺麗な服を着た女が出てきた。この女が涼太をこんな目に……。

「許さない、絶対にあんたを許さない！」

その日は三回目の結婚記念日で、中村凛子と達也はちょっと贅沢をしようとホテルのディナーの予約をして、お互い時間に遅れないように車で向かっているところだった。凛子はビルが林立する国道沿いを走っていたが、せっかくの結婚記念日なのでいつもとは違う道を行きたくて途中で左折しちょっと遠回りになるが大きな公園を突っ切る道を選んだ。街路樹のケヤキが大きく枝を広げ、緑のトンネルを作っている。日中降っていた雨も夕方には上がり、葉が雨に濡れてキラキラと輝いていた。緩いカーブを曲がると、ケヤキのトンネルの先から見事な虹が立っていて、今日の結婚記念日を祝福してくれているかのようだった。

「こんな虹があるんだ……」

フロントガラス越しにその綺麗な虹に気を奪われて何かが飛び出して来たのに一瞬気がつく

のが遅れた。思いっきりブレーキを踏んだが、間に合わない。ドンという衝撃が伝わってきた。心臓がギュッと縮み体が震えだす、息がうまく吸えない。せっかくの記念日なのに……犬であってほしいと願った。怖くて目を開けることができない。現実から逃げてしまいたい。それでもゆっくり目を開け車から降りると、血だらけの子どもを抱える女性と目があった。

「許さない、絶対にあんたを許さない！」

女性の恐ろしい声が聞こえた。膝が震える。心臓が痛い。救急車を呼ばなくてはいけない。電話をかけようとしても手が震えて思うように操作ができない。凛子は気が動転して自分の持っているハンカチを女に差し出した。子どもの血をなんとか止めたいと思ったのかもしれない。凛子はその子と母親に「ごめんなさい、ごめんなさい」と謝り続ける。母親が子どもの名前を叫んでいる。「涼太、涼太」その声が遠くから聞こえる。

『とんでもないことをしてしまった。自分が事故を起こすなんて……とんでもないことをしてしまった……』

「残念ながらあの子は亡くなりました」

警察署の薄暗い小さな会議室で待っていると、若い警察官が入ってきてこう淡々と告げた。

ずっとずっと祈っていた、『死なないでください、どうか命だけは助かってください、お願いだから死なないで……』だがその願いも虚しくあの子は死んでしまった。

『まさか、まさか自分が小さな子どもの命を奪ってしまうなんて。まさかこんなことが自分の身に起こるなんて……あのときちょっと虹を見ただけだったのに……』

「あなたはまだ権利があります、権利を使いますか？」

「夫と相談させてください」

「大切なことですから、よく相談してください」


達也はリビングの椅子に座り凛子の手をずっと握っていた。

「返事をするまでには一週間あるから、ちょっと気持ちが落ち着くのを待って、それからゆっくり考えよう」達也は優しくそう言って凛子に寄り添っていた。

それから二人は毎晩毎晩事故のことを話し合った。権利を使って無罪になった方がいいのか、権利を使わずに罪を償った方がいいのか。達也は知り合いの新聞記者に相談して、どれだけの人たちが権利を使っているのか聞いてみた。９割強の人が権利を使い罪に問われないという選択をしていた。自分のやったことに向き合っている人は１割に満たなかった。その数字を聞いたときに凛子の気持ちも傾いた。『みんなが権利を使っているのなら……』

一週間後、凛子と達也は警察署に出向いた。若い婦警さんが小さな応接室に案内してくれて、ソファーに腰掛けると事務的な口調で聞いてきた。

「決心はつきましたか？」

「はい。権利を使います」凛子は震える声でそう言った。この場でも自分の良心がこれでいいのかと葛藤する。一週間達也とよくよく話をして決心がついたと思っていてもいざとなると心が揺らぐ。『罪を償った方がいいのではないか。その方が自分の気持ちも、被害者の方の気持ちも救われるのではないか……』でも達也から「凛子にそばにいてほしい……それに、権利を使った人を見たことがあるけど、みんな気持ちを切り替えて上手に生きている。これは誰もが持っている権利なんだから、凛子だけが損をすることはない」と説得され、結局それに負けてしまった。

婦警さんが「はい、分かりました。それではこちらの書類に記入をお願いします」と言って一枚の書類をこちらに差し出した。凛子がその書類にサインし印鑑を押す。手続きはこれだけ、ものの30分で警察署を出た。

凛子はまだ震えていた。達也がそれに気がついたのか、凛子の手を取り支える。そして、

「よかった」とひと言だけ呟いた。

達也が凛子に伝えた「権利を使った人を見たことがあるけど、みんな気持ちを切り替えて上手に生きている」というのは嘘だった。今まで身近で権利を使ったのを見たのは二人。一人は上手に生きようとしていた、もう一人は心が壊れた。

高校3年生の1学期の終業式の後、達也は一番仲の良かった友達の黒田と一緒に帰っていた。いつも陽気な達也は黒田に話を振るのだが、この日に限って黒田は話に乗ってこない。いつもと雰囲気が違っていた。

「達也、俺、夏休み中に誕生日が来るんだ」

「受験生だから誕生日どころじゃないよな」

「あぁ……権利がもらえるんだ」

「あっ、そっか。18になるんだもんな」

「お前身近に権利を使った人とか知ってるか?」

「いや、いないよ」

「そうか、そうだよな、そうそういないよな」

「お前、何か考えてるのか」

「いや……」

黒田はその後何も喋らなかった。達也はそんな黒田を気にしながらも黒田と別れるとそのことは忘れてしまった。

8月2日。黒田の誕生日の日に、黒田から達也の携帯に連絡が入った。「父親を殺した」その連絡を見た時に達也は夏休み前一緒に帰った時の黒田の様子を思い出した。

『あいつはやろうと思ってたんだ』

なんと返信していいのか分からず、こちらから会いに行った方がいいのか迷っているうちに夏休みが終わり始業式の日になった。学校に向かう途中で黒田に会った。黒田の方から声をかけてきた。「おはよう」その声のトーンは今までの黒田と同じだった。だが達也は今までと同じ黒田には見えない、『父親を殺した黒田』と見ていた。達也は人を殺した人間が身近にしかも自分の親友にいることに不思議な感じがした。「あっ、おはよう」二人とも無言だった。学校に着く前に黒田が口を開いた。

「誕生日の日に親父を殺したんだ。あいつお袋にだけ働かせて自分は酒飲んで、パチンコに行って、俺たちを殴って、お袋にも暴力を振るっていたし、妹には……だから、殺してやったんだ。寝ているところを金属バットで殴ってやったよ。一年前から決めてたんだけど、お袋と妹には一週間前に話したんだ。二人ともやめてって言ったけど、俺が本気だったから最後は『お願い』って。覚悟を決めたつもりでも、その時は手も、足も震えて、漫画みたいにカクカク震えちゃってさ……あんなやついなくなって清々したよ。お袋と妹から、『ありがとう』って言われたんだ」

「後悔ってないの？」

「バットは手に感触が残るから、本当は違う方法がよかったけど……」

達也は殺した後悔がないのか聞いたつもりだったが、黒田は殺す方法に対する感想を言ってきた。

「なんか、あんまりいつもと変わらないね」

「うん、もう三週間経つからさ、なんかすごい昔のような気がするよ」

「……なんか俺の方がちょっとびっくりしちゃって」と言って達也はハハハと愛想笑いをした。

「俺、引っ越したんだ、さすがに親父を殺した部屋には住み続けられないからさ、そしたらなんか元々三人家族のような気持ちにもなってさ、今まで母さんと妹と苦しんでいたのが嘘みたいだったよ。こんな生活がしたかったんだ」
その後の黒田はみんなに会っても平然としていつもと変わらない調子に戻っていた。
これが達也にとって初めて身近に起こった『一人なら殺していい』出来事だった。

達也は大学に進学するとゲームサークルに入った。そこはゲームを極めようと思っている者からゲームクリエーターになることを目指している者まで男女を問わずゲームオタクが群れていた。達也はゲームを楽しむというよりも一つのチームをまとめてゲームを作り上げていくクリエーターになりたかったが、ここに集まって来る学生はどちらかというとコミュニケーションを取るのが苦手そうな奴らばかりでみんなを束ねて何かを成し遂げるということは難しそうだった。それでも英治とは気があい二人はいつもつるむようになった。英治はゲームオタクには見えずお洒落ですらっとしたイケメンだった。英治には同学年の美樹ちゃんという可愛い彼女がいて二人はお似合いのカップルだった。達也が英治の部屋に遊びに行くとよく美樹ちゃんも来ていて一緒に彼女の作ったご飯を食べた。三人で代わりばんこにゲームもしたし、映画も見た。三人はごくごく普通の学生生活を送っていた。ところが大学の3年の時に転機が訪れた。2年生の可愛いけど性格が悪い波瑠という女子がいて、この子がサークルに入部して来た。

波瑠はオンラインゲームがしたくてすぐに三人のチームを作ったのだが、わがままで身勝手で同学年や一年生とうまくやっていくことができずチームを作っては仲間割れを起こした。そこで達也と英治が波瑠を引き取る形で新しいチームを作ると、どういうわけか三人の相性が合い、連戦連勝でどんどん強くなっていった。達也たち三人は英治の家に集まり作戦会議をしたり、お互いのスキル向上のための特訓をして腕を磨いた。美樹ちゃんはそんな三人のためにご飯を作ったり、いろんなサポートをしてくれた。半年ぐらい経つと、大きな大会の地区予選が免除される本大会参加の招待状が届いた。もしそこで勝ち進めば三人の名前は一気に全国区となり、あわよくばプロの道が開けるかもしれないし、スカウトされるかもしれない、さらに日本を代表する強化選手になれるかもしれないそんな大会だった。三人は一層スキルアップに熱がこもり、英治の家はほぼ合宿状態になっていった。そしていつの間にか英治の部屋から美樹ちゃんがいなくなっていた。ある時そのことに気がついた達也は英治に聞いた。

「そういえば、美樹ちゃんは？」

「あぁ、うん……」と口ごもると英治は黙ってしまった。

夜になり波瑠が帰ると英治は美樹ちゃんのことをポツリポツリと話し始めた。

「実はさ、美樹がヤキモチ焼いてるんだ」

「誰に？」

「波瑠にだよ」

「えっ、だって、波瑠と付き合ってないじゃん」

そう、英治は別に浮気しているわけでもなく、波瑠から告白されたわけでもない、しかも僕たちはいつも三人で行動しているのだが、それでも美樹ちゃんは面白くなかった。美樹ちゃんは英治に会うと問い詰めるようになった。

「本当は波瑠のことが好きなんでしょう」

「波瑠と一緒にいたいからゲームやってるんでしょう」

「波瑠と寝たでしょう」

「もうゲームはやめて」

「波瑠と別れて」

英治は「どうしていいか分からなくなってきてる」と言った。達也は心にもなかったが「三人のチームを解散って考えてる？」と聞いてみた。すると、「いや、それだけは嫌なんだ、せっかくここまできたし、二人に迷惑もかけられないし……実は、今回が初めてじゃないんだ。前にもバイト先でこんなことがあって、それはバイトだったから割り切ってやめちゃったけど、今回は自分がしたいことだし、俺たちもしかしたらとんでもないプレーヤーになれるかもしれないし」

「それじゃ、美樹ちゃんと別れるのか？」と聞くと、「別れられないんだ……あいつちょっと怖いところがあるから」と、少し深刻そうに言うと最後に「お前たちには迷惑かけないからさ」と言ってこの話は終わった。

それから一週間後に大会が開催された。その大きな大会は二日間のトーナメントで争われ、初日は三回戦まで行われ、二日目は準々決勝から行われる。勝ち上がるごとに達也たち三人は抱き合って喜んだ。試合に勝つたびに達也たちは取材され、三人は仲良くインタビューされた。それは会場内の巨大なスクリーンに映し出され、三人が並ぶとその雰囲気で英治と波瑠がどうしてもカップルに見え、そのことも聞かれた。二人は関係を否定したが否定すればするほど波瑠の可愛さもあいまって注目度が増した。その様子を暗い顔の美樹が会場の隅から見ていた。

大会二日目、英治は会場に現れなかった。達也たちは不戦敗になり、落胆しているところに警察から連絡が入った。英治が美樹に殺されたという。どうやら夜一緒に食事をして寝入った後、美樹は英治の胸を包丁で刺したようで、心臓まで達する深い傷で即死だったそうだ。

一週間後、美樹は人が変わったようになっていた。暗く陰鬱で焦点の合わない目をしていた。

皆、美樹がやったことは知っていたが、あえてそのことには触れず無関心を装っていた。さすがにサークルでは英治が殺されたことにショックを受けていたようだが、英治がいなくなったことよりも身近に殺された人が出たことで、自分が殺される可能性があるかないかで盛り上がっていた。達也はゲームをやめサークルもやめた、波瑠は新しいチームを作りまたオンラインゲームに没頭し始めた。

ある時、達也はキャンパス内で美樹とすれ違うと、美樹が声をかけてきた。

「達也くん、私すごく後悔してるの……」

「見てこの手」と言って達也の前に両手を広げた。

「まだ、英治くんの血が落ちないの」

美樹の心は壊れかけていた。達也はせめて話を聞いてあげようと思い、「権利を使ったんだね」と水を向けた。すると美樹は「ええ、お父さんとお母さんがどうしても使ってくれって、牢屋に入れたくないって言って、お父さんとお母さんのことを考えると権利を使うしかなかったの……でも本当は罪を償いたかった。だって、だって、私英治君が好きだったのに包丁で、ほらその時の血なの……」と言って壊れた心をさらけ出して泣いた。

妻の凛子は権利を使った。これで法律上は罪に問われることはない、ただ真面目な凛子が黒田のように自分を許せるのか、美樹のようになってしまうのか……。

凛子は明らかに沈み込むようになった。無理やり外に連れ出しても子どもの声を聞くとその場を離れるようになり、テレビで子どもが出ると消すようになった。特に小さい子どもは見ないようにしていた。偶然見てしまうと心臓がキュッと縮みあがり、呼吸ができなくなっていた。気分転換に連れていったスーパーでも人の目が気になったり、ひそひそ話が全部自分の噂話のような気がするらしくすぐに息苦しさを訴えた。明るかった凛子の顔から笑顔が消え、達也との会話も少なくなった。突然涙を流し、嗚咽し、後悔を口にした。ある時は、達也が会社から帰宅すると、朝出かけた時に見たままの姿だった。夫婦で取り組んでいた不妊治療もやめてしまい、ついに凛子は家から出なくなり「殺されても仕方ない」とつぶやくようになった。時間が経てば事故のショックが和らぐかと思ったが、時間が経てば経つほど自分を追い詰めて状態は悪くなっていった。ついに「窓からあの母親が見ている」と訴えるようになり、さらに夜になると「許さない、絶対にあんたを許さない！」という声が聞こえると言って耳を塞いで泣くようになった。

高校生になると授業の中で「18歳になった時の権利の使い方について」という講義が行われる。

『一人なら殺していい』

というこの制度は、本当は故意であっても偶然であっても『最初の殺人は罪を問われるか、問われることを免除してもらうかを選ぶことができる』というものだ。が、人々はこれをさして『一人なら殺していい』と理解していた。本来この制度は人間が優しくなるように作られたもので、一見矛盾するこの考えもお互いの争いがこれ以上続き追い詰められたとき、「このままでは簡単に殺されるかもしれない。だったら殺されないために自分が一歩引いたほうがいい」と、争いが殺人に及ばないようにお互いを思いとどまらせるためのものだった。つまり、いつでも簡単に殺されるかもしれないと思わせることでお互い引くことを身につけ優しくなる。これがこの制度の狙いだった。高校の授業ではこのようなことを学ぶ。ただ、人を殺してしまった時の気持ちの落ち着けどころや、罪悪感との向き合い方については何も教えていなかった。またこの制度のデメリットは復讐を容易にさせることだった。

妻の姿を見て達也も心配になってきた。あの母親が復讐に来ることは十分考えられる。達也は地元の警察署に行って「妻が、狙われるかもしれない。あの母親に権利があるのか教えてほしい」と訴えた。だが警察は権利があるかどうかは究極の個人情報で何があっても知らせることはできないの一点張りだった。達也は「妻が殺されるかもしれないんですよ」と言っても、一人までは罪になりませんから、というだけでどうにもならなかった。

達也は警察からの帰り道、国道の道沿いにある「権利調査します」という看板に目を奪われた。その看板に吸い寄せられるように雑居ビルに入ると探偵事務所の扉を開けた。パーテーションで一応区切られているが、奥まで覗くことができる。机が5台ほど並んでいて、三人ほどが何やら作業をしていた。お客が来たことを知ると若い女性がすくっと立ち上がりこちらにやって来た。受付に来た女性は、どう言った相談でしょうか？　と尋ねる。達也が「外の看板を見て」というと、「権利調査ですね。どうぞこちらに」とパーテーションで区切られた一角に案内してくれた。そこにはソファーセットが置いてあり、小さなテーブルの上には一輪挿しの花瓶が置かれバラが一本飾られていた。

程なくして50代のスーツを着た男性がやってきた。男性は名刺を出して野上探偵事務所の野上ですと名乗った。達也は「外の看板を見て」というとすべてを察してくれたようで「権利調査ですね」と慣れた口調で対応してくれる。きっとこうやって調査にくる人は珍しくないのだろう。だからこそ看板にも書いてあるのだろう。「相談にくる人って多いんですか」と聞くと「そうですね、探偵事務所に来る一番多い理由は浮気の調査、二番目に多いのがこの権利調査、三番目が行方不明者の捜索ですね。まぁですから権利調査をお願いするのは何も特別なことではなく、よくあることです」と達也の気持ちを楽にさせてくれた。野上は緊張している達也に「探偵事務所にくるのは初めてですか」と聞く。達也も正直に「はい」と答える。先ほどの女性がコーヒーを持ってやってきて、野上が「どうぞ」と促してくれた。達也は自分を落ち着けるためにひと口コーヒーを飲むと「詳しくお話を伺いましょう」という言葉で半年前の事故のことを話した。野上はひと言も口を挟まず、達也が話しやすいように頷きながら聞き終わると「危ないなぁ」と呟いた。

一週間後調査結果が出たということで野上探偵事務所にやってくると、ソファーに座った野上が茶色の封筒から調査結果を取り出して達也の方へよこした。

調査結果には夫婦の住所と、権利の存在の有無が記されていた。

「奥さんもご主人も権利を持ってます」と言った。

野上は「気休めになるかどうか分かりませんが、私のところに来て権利を確認して事件に巻き込まれる人は10人に1人もいません。ただこれが多いのか少ないのか分かりませんが、いくら権利があってもそれを行使してまで復讐する人は少ないんですよ。でも、やっぱり時には残念なことが起こります」

達也は黙ってしまった。野上は達也の不安を察して、「もしどうしてもそれが心配なら仕事をやめ、今までの人生とは完全に縁を切り、引越ししてやり直すのがいいとアドバイスをしています」

「そうですか、ありがとうございます」と返事をすると、達也はその場をあとにした。

達也と凛子は高校の同級生だった。ただ、高校生の時はお互いの存在を知っている程度で仲良くなったのは大学を卒業し社会人2年目、達也と凛子が24歳になった時だった。達也は医薬品会社に就職して営業で訪れた病院で凛子を見かけた。凛子は母の看病で来ていた。

凛子が大学を卒業し就職すると間もなく凛子の父親が病気で他界し、一年後に母親まで病気で倒れ、この病院に入院した。

達也は高校の時に密かに憧れ可愛かった凛子を見かけびっくりした。あの凛子がやつれ、明るさがなくなっていた。病院に来ること自体あまりいい話ではないだろうと思いながら、達也は凛子に声をかけた。

一方、凛子の記憶の中の高校生の達也は背が低く、お調子者で、適当に頭が良く、みんなから好かれていた。凛子も達也に笑わせられたことが何度もあった。ところが今目の前にいる達也はその高校の時の面影を残しながらスーツを着た立派な社会人になっていた。「達也君……」凛子は懐かしい顔を見て心がほぐれ、かすかに微笑んだ。達也はその凛子の顔を見て「今の時間大丈夫？　コーヒーでもどう？」と誘った。二人は外のベンチに座って懐かしい話を始めたが、柔らかな陽と達也の優しい雰囲気に包まれて凛子は心細さをポツポツと口にした。その後、達也は凛子が母親の見舞いに来る時間に合わせてこの病院の営業に訪れるように調整して凛子の話し相手になった。凛子は今まで誰にも相談できなかったことも達也になら話すことができた。一年前に父親を亡くし、つい先日母親まで余命を宣告され不安と寂しさでどうしていいか分からない心の弱さをぶつけると、達也は優しく受け止めてくれ口を出すこともなく静かに寄り添ってくれた。

数カ月後に達也は凛子にプロポーズした。病床の母親に夫婦になることを誓い、「僕が凛子さんの笑顔を守ります」と約束すると、母親は涙を流して「これで凛子が一人にならずに済む」と喜んだ。母親は安心したのかその数日後に他界した。凛子は最後に母親孝行ができたことを喜び、達也の優しさに救われ、達也を心から愛した。

達也は達也で高校の時から密かに恋心を抱いていた凛子がそばにいて、自分の存在で笑顔になってくれることが何より嬉しかった。凛子の母親が自分を認めてくれたのも嬉しかった。凛子のためならなんでもしようと思った。その思いは今も変わらず達也にとって凛子はすべてと言ってもよかった。

実は凛子には先天的に左右両方の卵管に異常があり通常妊娠ができない体だった。そこで二人は結婚するとすぐに不妊治療のクリニックに行き人工授精を試みることにした。一年かけてホルモン注射を打ち卵巣を活性化させ卵子をいくつも取り出し、達也の精子と受精させ、状態の良いものから子宮に戻す。その時使わなかった受精卵は凍結保存しておき、子宮に戻した受精卵がうまく着床できなかった時のため予備としてとっておく。達也たちはそうやって二度ほど受精卵を子宮に戻したが残念ながらうまく着床できずにいた。そして三度目の挑戦をいつにするかクリニックと話し合おうとしていた矢先に凛子が事故を起こしたのだった。

達也は憔悴している妻の肩を抱きかかえ、「大丈夫だから」と慰める。何としても凛子は自分の手で守らねばならない。だからと言って自分が24時間妻のそばにいてやることもできない。妻を守るためにどうすればいいのか、自分には権利が残っている。この権利をうまく使って妻を守ることができないか……ただ、復讐は復讐を生む。自分があの母親を殺しても今度は自分か凛子があの母親の旦那から復讐されては意味がない。どうするべきか……と悩んでいると、「……私、殺されても仕方ないと思うの」と、凛子が突然言ってきた。

「そんなこと考えてはだめだ」

「お願い聞いて、もし私が殺されてもあなたは絶対に復讐なんてしないでね。あの事故は私が悪かったんだから、私だけが罰を受ければそれでいいんだから、達也まで死ぬようなことにならないでね。達也は私のお母さんに私の笑顔を守ると言ってくれたでしょう。私だって達也の笑顔を守りたい。私のことで苦しむ達也を見たくない」

「……分かった、もしそんなことになっても凛子の復讐はしない。その代わり俺がすることに付いてきてほしい」

達也は会社に出社すると人事部長に辞表を提出した。驚いた部長は「いったいどうして？」と聞いてきたが、達也が理由は絶対に話せませんというと、事情を察したのか我が社で二人目だなと言って辞表を受け取ってくれた。次の仕事は見つかってるのか？　何か紹介しようか？と気遣ってくれたが、それも事情が事情なのでと断ると、気の毒そうに分かったとだけ言って達也の肩を優しく叩いてくれた。

達也たちは週末にバタバタと引越しをした。新しく選んだ土地は二人にとって縁もゆかりもない所で、達也は友達にも両親にも誰にも連絡はしなかった。凛子も誰にも連絡しなかった。誰にも連絡をしないでいなくなるということがどういうことか世間も分かっていて暗黙の了解で察してくれる。達也はきっと両親も分かってくれるだろうと思った。次に両親に連絡が行く時はおそらく自分が死亡した時だろう。

新しい環境となっても凛子は家の中に引きこもり、外に出ることはなかった。買い物やゴミ出しも達也が受け持った。達也は文句ひとつ言うことなく、凛子の気持ちを慮って今はまだ外出しなくてもいいと言った。ただ達也がいくら優しくしても凛子は何気ない時に事故のことを思い出し、涙が止まらなくなり、このまま死んだほうが楽なのではとそのことばかりを考えた。達也はそんな時に手を取り一緒に泣いてくれた。

半年が経つと凛子は『達也のためにもこのままじゃいけない。なんとかしなければ……』と思うようになり、辛い気持ちを抑えて歩いて行ける近所のスーパーに買い物に出かけた。子どもの声が聞こえるとビクッと体が反応する。スーパーについても人の目が気になり、動悸がする。『まだ早かったかもしれない』そう思いながら買ったものをビニール袋に詰めていると目の前の案内掲示板に目が止まった。その掲示板にはたくさんの地元のサークルの勧誘チラシが貼ってあり、凛子はその中の一枚に釘付けになった。同じチラシを下の段のチラシ入れから探して一枚抜き取り家に持って帰った。

家に着くと買ってきたものを冷蔵庫に入れ、リビングの椅子に座ってチラシを取り出す。心臓がドキドキする。

『人を殺めてしまった人たちの自助グループ：明日の会』

チラシには、月に一度公民館に集まってお互いの悩みを話し合っています、と書かれていた。もしかしたら私以外にも同じように苦しんでいる人たちがいるかもしれない。私のこの苦しさを分かってくれるかもしれない……震える手で代表と書かれた野口の携帯に連絡してみた。電話に出たのは女性だった。凛子は動悸が激しくなり声が詰まる。電話の向こうではこの無言の意味するところが分かったのか優しい声で「いいのよ、何も言わなくても、こちらから説明するからそのまま電話を切らずに聞いてね」と言って、自助グループ「明日の会」の説明と野口自身かつて人を殺めてしまった過去があることを簡単に話してくれた。最後に次の会合の場所と日時を言って、「あなたと同じようにみんな心に大きな傷を抱えているの。みんなあなたが来るのを待っているから、絶対、絶対来てね」と告げられ電話が切られた。凛子は達也にも相談した。達也は少しでも前向きな行動を取り始めたことが嬉しくてその話に賛成すると、凛子はその月の定例会に出席することを決めた。

定例会当日、代表の野口は凛子が一人で部屋に入ってくる不安を考えて、入口のところでずっと立って待っていた。凛子を見かけるとひと目で先日の電話の相手だと見抜き「よく来てくれたわね」と優しく抱きしめた。凛子は突然のことにびっくりしたが「もう大丈夫、一人で苦しまなくていいのよ」と優しく言われ泣き出してしまった。野口は凛子の気持ちが落ち着くまで背中をさすると、部屋に案内した。

自助サークルは、それぞれの理由で人を殺めてしまった人たちが罪を問われない選択をしたが、自身の道徳観で苦しんでいる人たちの集まりだった。10人ほどのメンバーがいて椅子を内側に向けて輪になって座っている。参加者は男性もいれば女性もいて、歳は凛子が一番若く、中には70過ぎの男性もいた。凛子が初めての参加ということで自己紹介から始まった。最初に代表の野口が口火を切った。彼女は10年前に夫が浮気をし、自分から離れて行こうとすることがどうしても許せず、夫を刺し殺したこと。その後自分のしてしまったことにずっと悩んで苦しんで何度も自殺しようとしたこと。ようやく生きなければと思った時に自分以外にも苦しんでいる人たちがいることを知ってこの会を立ちあげた、という話をしてくれた。他のメンバーも凛子と同じように交通事故で加害者になった人や、言い争いからカッとなって会社の同僚を殺してしまった人、病気で苦しむ自分の親を殺してしまった人、たまたま階段を降りていた時に偶然肩がぶつかりその人が転げ落ち打ち所が悪くて死んでしまった……事故としか言いようがない人などがいた。皆共通して、人を殺してしまったことに苦しみ悩みそこから抜け出せずにいた。最後は凛子の番だった。野口に促されるままに凛子は夫以外に言えなかった話をした。ずっと目を背けていたことを見つめ、泣くに任せて死にたくなるような苦しい胸の内をさらけ出した。皆涙を流しながら聞いてくれた。子どもを殺した人はこの自助サークルの中でもいならしく、凛子のしてしまったことに心を痛めてくれた。特に代表の野口は凛子に寄り添ってくれ、凛子は母親の年齢に近い野口の存在に随分救われた思いがした。

この自助サークルのお陰で凛子は半年も経つと少しずつ前向きな気持ちになってきた。凛子は自分の心の変化も感じていて、自助サークルに行くことが楽しいとまでは言えないが、行けば心が軽くなった。このひと月どう過ごしたか、フラッシュバックのような後悔とどう向き合ったのか、楽しいことはあったか……それはお互いの傷の舐め合いだったがお互いなくてはならない存在だった。中でも凛子は若い参加者ということでみんなの妹やみんなの子どものような存在になった。ある時代表の野口からお子さんは？　と聞かれ、実は妊娠しにくい体で以前は不妊治療をしていたという話をすると、もう一度不妊治療を始めたらどうか、子どもを持つことがいちばんの希望になるのではとアドバイスをもらった。自助サークルのみんなもその意見に賛成してくれた。みんな新しい希望を求めていた。

凛子は達也と話し合った。達也は以前通っていた不妊治療のクリニックにまだ凍結受精卵が保存されているかもしれないからと問い合わせをしてくれた。するとまだ受精卵の保存をしていていつでも来てくださいという返事だった。自助サークルにもそれを報告すると、みんな自分のことのように喜んでくれ、特に野口は母親のように喜んでくれた。

「もし、もしダメでも、また次もあるんだから。自助サークルの中から新しい希望が生まれるかもしれないなんてこんなに嬉しいことはないわ。あなたみたいな若い人がこのまま失意の中で暮らしていくことはないのよ、頑張ってやってみなさい。ダメでもちゃんと報告してね。みんなあなたのことが好きなんだから」と言ってくれた。

数カ月後、達也は凛子から嬉しい報告を聞いた。

「妊娠3カ月だって」

ついに、ついに自分たちにも子どもができる。この日は二人で慎ましく乾杯した。凛子はワインをひと口飲んでグラスをおいて、子どものために今からはお酒を飲まないといった。達也は「それじゃ僕は子どものために毎朝凛子にキスをしよう」とおどけて凛子の頬にキスをすると、久しぶりに凛子が笑った。本当に久しぶりの笑顔だった。達也も凛子もあの事故のことを忘れたことはなかったが、ようやくあのことを乗り越えることができると考えて、二人は新しい人生の始まりを祝った。そして初めて達也も凛子もあの時権利を使ってよかったと思った。

『どんなに辛いことがあっても僕たちは人生をやり直すことができる』

友池純子は探偵事務所から送られて来た封筒を開けた。そこには凛子の手がかりが記されていて純子は心臓を摑まれたように驚いた。事故の後、純子は復讐のために凛子の居場所を探したのだがどうやっても見つけることができなかった。そこで探偵事務所に依頼すると、おそらく人生をやり直すために痕跡を消しているのだろうということだった。だが、すべてを消すのは難しく、2年、3年待っていれば必ず手がかりがつかめると言われていた。あれから2年近くが経過し、今突然何の前触れもなく手がかりが出てきた。凛子が以前通っていた不妊治療のクリニックに現れたのだ。純子は凛子が子どもを作ろうとしていることを知った。私たちから幸せを奪った女が人生をやり直そうとしている。それも子どもを持とうとしている。純子は胸が締め付けられた。

中村凛子は自助サークルに行くためにマンションを出た。初めて空が青いと気がついた。2年もの間こんな気持ちになったことはなかった。まだ、あの事故のことを忘れたことはなかったし、いまも後悔しているが、同時に胸の奥では新しい人生に対する希望が生まれていることも感じていた。『もう苦しまなくてもいい』と自分の心が言っている。

自助サークルではみんなに妊娠したことを報告すると、皆心の底から喜んでくれた。特に代表の野口は喜んでくれて、凛子をぎゅっと抱きしめた。凛子は喜んでくれる仲間の存在が嬉しかった。そして思い切って達也と相談したことを伝えた。「まだ安定期にも入っていないので、今日でこの会に来るのは最後にさせてもらい、卒業させてもらいます。子どもが生まれて落ち着いたら卒業生としてみんなに赤ちゃんを見せに来たいと思います。今までありがとうございました」

凛子の突然の卒業宣言に野口と皆は驚き、納得し、励まし、卒業を喜んでくれた。

その日は突然やってきた。達也が家に帰り鍵を開けようとすると逆に鍵がしまった。こんなことは今までになかった。あれ以来凜子は家にいる時でも鍵を必ずかけるようにしている。嫌な予感がする。全身の毛が逆立つ。ドアを開け家の中に入ると何かがいつもと違う。廊下に飾ってある絵が斜めになっている、奥の部屋に通じるドアが中途半端に開いている。おかしい。「凜子」「凜子！」と妻の名前を叫んだ。突然ドタドタドタという音とともに女が部屋から走り出てきて達也にぶつかった。突然のことに達也はびっくりしてしりもちをつく。女は手に包丁を持っていた。一瞬の出来事だった。その女はそのまま玄関の扉を開けて去っていった。心臓が縮みあがり胸が痛い。息ができず喘ぐように苦しい。廊下には転々と血の雫が残っている。その雫に導かれるように部屋の中に入った。

そこには血だらけの妻が横たわっていた。胸から血を流し、見開かれた目は焦点が合っていない。ひと目で死んでいると分かる姿だった。達也は凜子を抱きしめる。

「凜子」

「凜子！」

やはり殺しておくべきだった。自分の権利を使い、あの母親を殺しておかなければいけなかった。お腹の子どもはまだ生まれていなかったので二人目の殺人には該当しない。大切な家族を奪われてもあの女は罪にならない。達也は気が狂ったように吠えた。怒りが達也の中で渦を巻き妻を守れなかったことを悔やんだ。子どもを守れなかったことを悔やんだ。凜子は自分が殺されても絶対に復讐するなと言っていたが、子どもを殺されても復讐するなとは言わなかった。このまますべてを忘れて自分一人生きていくことなんてできない。人生は一人ではやり直せない。妻とお腹の子どもをなくし、達也に残されたものは復讐しかない。

あの母親の家は知っていた。

友池純子の家は簡単にみつかった。新興住宅地の一角、築10年ほどの家に友池と書かれた表札が掲げられている。

友池洋次郎　純子　涼太

家はまだ新しいが、庭に手を入れていないのはひと目で分かる。木は枯れ、花壇の草花は何も花をつけていなかった。達也はインターフォンを鳴らす。

「はぁい」と呑気な男の声が聞こえて来た。

「純子さんはいらっしゃいますか？」

「今ちょっと出てるね、もうじき帰ってくると思いますが、どちらさんでしょう？」

「あなたの奥さんに、妻と子どもを殺されたものです」

達也はそういうと、玄関の扉に手をかけた。鍵がかかっていて扉は開かなかったが、取っ手を握り力任せに思いっきり引っ張ると鍵が壊れ扉が開いた。目の前にあの女の夫が立っている。だらしない部屋着のまま、困惑した顔で「妻なら墓参りだ、ちょっと待ってくれ……」と達也を落ち着かせようとする。達也の持っている包丁が目に入ったのだろう、みるみる顔色が変わり蒼白になっていく。「何か分からんが、誤解だ……」という言葉が最後になった。達也は持っていた包丁で腹を刺した。嫌な感触で包丁は腹に吸い込まれた。包丁を抜くと手に血がべっとりついた。あの母親の夫はその場にしりもちをつき、達也から逃げようと四つん這いに部屋の奥へ進もうとする。達也はその無防備な背中にも包丁を突き刺す。あばら骨に当たる感触があって深く刺さらない。もう一度刺す。あばらとあばらの間に包丁が深く入っていく感触があった。男の動きがだんだんと鈍くなっていく。

『これでいい。あの女が妻を殺して罪にならなくても絶望の中で毎日暮らせばいい。俺からすべてを奪ったように、俺もあの女からすべてを奪ってやる。そして最後にその命も奪ってやる』

達也は自ら警察に電話をかけた。

その頃、友池純子はお墓に手を合わせていた。山の裾野に広がる広大な墓地の一角に友池家のお墓があった。あの事故の後、ここなら家からも近く毎日お墓参りに来ることもできるし、何より涼太が好きだった海を見渡せるところが気に入ってここにお墓を建てた。今日は青空が広がり、風が気持ちいい。こんな日は涼太と波打ち際で遊んだら家に帰れなかっただろうと想像する。お墓の花を新しいものに替え、線香を手向け、本当なら小学校1年生になっていた息子のためにランドセルと縄跳びをお墓の前においた。自分の決心が間違っていないか、この2年の気持ちの整理をつけながら涼太に心の中で話しかける。

『涼太、これでよかったのよね』

警察では権利を使いますかと言われ、達也は「はい」と頷いた。これで罪に問われることはない。達也は自由の身になれる。そうすればすぐにでもあの女を殺しに行こう。そのあとは牢屋に入ろうが死刑になろうがどうでも良かった。あの女からすべてを奪って殺すことができればそれで良かった。

警察からはどうして殺したのか理由を聞かれた。達也は「妻と子どもを殺された復讐のためです」と答えた。ところがその警察からとんでもないことを聞かされた。

「あなたの奥さんを殺したのは自助サークルの野口という女です」

達也は我が耳を疑った。

「そんなはずはない、だって……」だってあの時すれ違った女は……そうだ、あの時女の顔を見ていなかった、あの女が殺したとばかり思っていた……違っていた。凛子を殺したのは自助サークルの代表……それじゃ自分は一体何をしたというのだ……。

その後警察から野口の犯行の動機の説明があった。自助サークルというのは心に傷を持った者たちの集まりで、自らの経験を話し、相手に聞いてもらうことで悩みを直視し、乗り越えようとするものだが、その時みんなが同じように不幸でなければならなかった。妻は妊娠し、希望を手に入れ、サークルを卒業しようとしたことが野口には許せなかったというのだ。『凛子はサークルを卒業してはいけない、不妊治療も失敗しなければいけない、そしてそのことを涙ながらに話をしなければいけない。自分だけ私たちから抜け出そうなんてそんな虫のいいことは絶対に許さない』ということらしい。野口は二度目の殺人となるため20年になるのか30年になるのか懲役刑は免れない……ということだった。

マンションのリビングの椅子に座り、達也は視線を外に向けていた。といっても外を眺めているわけではない、外に視線が向いているだけで何も見ていない。それでは何かを考えているかといえば、何も考えていない。中身のない空っぽの体が力なくそこに座っている、ただそれだけだった。

テーブルの上には一通の手紙が置かれている。宛名は妻の凛子になっていて、差出人は友池純子からのものだった。

『拝啓

突然の手紙で驚かれたことと思います。ずいぶん迷いましたが涼太と相談し思い切ってこの手紙を出すことに決めました。

まずは、妊娠されたのですね。おめでとうございます。これは今の私の偽らざる気持ちです。

確かにあの事故の後しばらくは私から涼太を奪ったあなたのことが許せませんでした。あなたはなんの罪にもならず平然と生きている。そのことを考えるだけでこの身が千切れそうになりました。あなたを殺したくて殺したくて、毎日そのことばかりを考えて、あなたがどこに住んでいるか懸命に探しました。あなたを見つけたらあなたを殺して私も死のう、そのことばかりを考えていました。探偵事務所にも捜索を依頼しました。幸か不幸かいくら探してもあなたは見つからず、その間に涼太のためにお墓を建て、涼太とお話をする時間をたくさん持てました。

数カ月前、あなたが不妊治療のクリニックに現れたことをきっかけに住んでいる場所が分かりました。突然のことで私は戸惑い、悩みました。さらに程なくしてあなたが妊娠に成功したことも知りました。私も不妊治療の末遅い子を授かり、涼太が誕生しました。子どもを授かった時の喜びは今でも忘れられません。あの素晴らしい感動、私たち夫婦の目の前が開けていくような、何もかもが輝いて見える、新しい命が授かるというのはこんなにも世の中が変わって見えるのかと思ったものです。きっとあなたもその気持ちを感じていることでしょう。

お墓の涼太と話をするうちに私の気持ちにも変化が生まれてきました。何よりあなたを殺しても涼太は生き返らない。涼太の生きていた時の笑顔を思い出すと復讐しようとする母親の姿を涼太には見せられない。そしておかしな話ですが、大きくなった涼太に叱られました。「お母さん、あの人が新しい人生を歩もうとしていることを僕と一緒に喜んであげようよ。僕はそんなお母さんが好きだな」と。

あなたたちの家族がこの命を大切にして、子どもを育てていくことが涼太の供養に繋がることだと考え、この手紙を書く決心をしました。私の隣で涼太が私を褒めてくれています。

私たち家族はこれからは涼太の成仏を祈り、涼太に恥ずかしくないように生きていこう、母親として涼太のお墓に笑顔で会いに行けるように頑張ろうと思っています。だから、あなたたち家族もどうぞ、どうぞ、前を向いて歩いてください。

最後に、元気な赤ちゃんを産んでください。私も涼太と一緒にお祈りしています。

かしこ』

誰もいない街

10年で、人間は10分の1に減った。
その後、人類はある決断をし30年が経過した。

僕の名前は直人《なおと》、ごく平凡な高校2年生で、成績は良くも悪くもない。部活は野球をやっている。野球は小学校の頃からやっているので多少はうまい。ピッチャーだ。
僕らの高校は男女共学で、学校内で付き合っている生徒も多い。ただ、僕には彼女がいない。興味がないわけではないし、気になる子もいる。でも、女の子とどう会話していいのか分からない。そこが災いしていると自分では思っている。まぁ、彼女はいつかはできるだろう……香奈ちゃんみたいな彼女が。香奈ちゃんというのは、僕の隣の席の子でショートカットがよく似合うボーイッシュな女子だ。僕は密かに彼女のことを想っている。今日はひと言ぐらい彼女と喋れるだろうか、そんなことを考えながら自分の席に座り、外を眺めた。2階の教室からは外の景色がよく見え、今日は青空が気持ちいい。校門に目をやるとちょうど香奈ちゃんが走ってくるところが見えた。香奈ちゃんが近道のためか花壇を飛び越えた瞬間、スカートが翻って彼女をさらに魅力的に見せた。僕はちょっと落ち着かなくなって慌てて視線をそらす。僕が香奈ちゃんを見ていたことに気づいて同じ野球部の相太が僕をからかう。

「直人、見てただろ」

「えっ、いや……」

「スカートがヒラって」

「見てないって」

「まぁ、まぁ。可愛いよなぁ」

「そうかな……」

「俺、コクってみようかな……」

「直接か？」

「……無理だな」とかなんとか言いながら相太は自分の席に戻っていった。ひと昔前の高校生の告白の定番は通信機器を使った告白だったらしいが、最近の高校生は原点回帰というか、直接相手に自分の口から伝えるのが流行っている。なので、相太もそのことを想像して怖気づいたのだ。それはそうだ、僕だって怖気づく。でも、もしそんな時が来るとしたら僕はコクることができるだろうか……「好きだ！」なんて言えるのか……。

「おはよう」顔をあげると香奈ちゃんが立っていた。

「わっ！」心臓が飛び出すかと思うくらいびっくりした。近くで見る香奈ちゃんは肌のキメも細かく色白で唇は健康的に赤く、頬はうっすらピンク色で理想的にとても可愛い。

「ごめん、びっくりさせた？」

「あっ、別に。おはよう」あまり浮かれた声にならないように、小さめに、ちょっと面倒臭そうに……よし、動揺を抑え込めた。

「直人くんさ、ボランティアって行ってる？」香奈ちゃんが椅子を僕の方に近づけて座り、話しかけてきた。

「……いいや」

「ふぅん。そう、ならいいの。フフン」と、悪戯っぽく笑って僕を見る。

その後何か言われるのだろうかと期待したが、会話はそれで終わった。香奈ちゃんが席を立って飛び跳ねるように女友達の輪に入っていく。なんだったのだろう、でもいいや今日は会話ができた。なんだったらボランティアだってやってもいい。誘ってくれるのかなぁ……どんなボランティアだろう、運動公園の清掃とか、イベントのスタッフとか……日曜日はどうせ野球の練習も試合もないから香奈ちゃんと一緒ならボランティアも楽しそうだ……僕は浮かれた。

1時間目のチャイムが鳴り授業が始まると、黒板の前に先生が突然現れる。先生の声は僕たちの机のスピーカーから聞こえてくるようになっていて、いるように見える先生は実際には存在していない。強制的に視覚情報として映し出されている。これは僕たちの目に人工水晶体が埋め込まれていて、それが受信機となり、学校が管理している授業プログラムに則って映像情報を直接網膜に送り込んでいるからだ。

あの全世界を震撼させたウイルスの後遺症で人類は視力に異常をきたした。光が水晶体を通り抜けるときに歪み、本来の色彩や形を認識できなくなったのだ。そこで、生まれてきた赤ちゃんはある時期に手術を行い、人工の水晶体に取り替える。こうして僕たちは架空の先生に教わることとなった。他にも道路の信号はなくなり、立入禁止区域に行けば目の前が真っ赤に染まりそこが立入禁止区域だと教えてくれる。なにせ人類が10分の1に減少したため、合理化できるところは極力合理化する必要があった。労働力は人間が担わなければならない部分に集約させた。そして人類はまったく新しい世界を築き上げることに成功した。便利で合理的な世の中を。……と、今日の授業の内容はこんなところだ。

キンコンカンコン。視界から先生が消えた。

「ねぇ、直人くん、今から部活？」

今日はどうしたんだ？　また香奈ちゃんが話しかけてきた。香奈ちゃんがこんなにも話しかけてくるなんて？　僕は平静を装う。

「あっ、あぁ」

「部活ちょっと、見ていい？」

「なにを？」

「野球よ」

「いいけど……」

「終わったら一緒に帰ろう」

「えっ！」声が上ずった。

「それじゃ、約束よ」香奈ちゃんはそういうと、走って教室から出ていってしまった。

『どうしよう……告白されたら俺、どうしよう……』

　部活は雲の上を歩くような気持ちだった。たまに外野のその奥を見るとそこには香奈ちゃんが立っていてこっちを見ていた。『いる。本当にいる。と言うことは、一緒に帰るんだ……』

何をどう練習したのかよく覚えていない。ノックも受けたし、キャッチャーを座らせて投球練習もしたがすべてが上の空だった。体だけボールに反応していて、頭はまったく別だった。幸いなことに僕の変化をチームメイトは気がつかなかった。部活の時間が終わり部室で着替えて外に出る。そのまま校門まで走っていこうとすると、「直人、一緒に帰ろうぜ」お邪魔虫の相太が話しかけてきた。

「ごめん、今日俺、ちょっと寄るところがあるから」

「いいよ、俺も付き合うよ」

「あっ、いや、あのさ」

「なんだよ……」相太が香奈ちゃんを見つける。

香奈ちゃんが僕を見つけて軽く手を振る。

「あっ、なんで、なんでお前なんだよ。ずるいぞ！」

「なにか、相談があるのかな？」と変な言い訳をしながら、でも自分でもびっくりするような優越感に浸り、香奈ちゃんの元へ走っていく。後ろでは相太がその場に突っ立ったままじっと見ていた。香奈ちゃんの元へ行くと、「ごめんね、迷惑だった？」と聞かれたが、

『迷惑だなんて、そんなことあるわけないじゃないか、香奈ちゃんが誘ってくれたんだ、親が

危篤だったとしても僕は香奈ちゃんと一緒に帰ることを優先するよ』と心の中でつぶやいて、本当に言った言葉は、「いや、大丈夫」これだけだ。

学校を出ると3階建てのマンションが建ち並ぶ居住区になる。マンションは整然と並び、マンションとマンションの間隔は十分な広さを保ち、銀杏やケヤキが植えられていて美しく管理されている。

香奈ちゃんが少し前を歩き、僕は彼女についていく。

『なにか話せ、なにか話すんだ俺！……』と、思ってもなにを話していいのか思いつかない。女子と一緒に歩くってこんなにも息苦しくて、落ち着かなくて、どうしていいか分からないものだっけ？ そりゃそうだ、僕は奥手なんだから。これが普通にできていたら僕だって彼女ができていたはずだ。

……僕は僕の家に向かったらいいのか、香奈ちゃんの家の方向に行ったらいいのか悩んでいた。と言っても香奈ちゃんの家も知らないけど……僕がリードして一緒に帰りたいけど、なんかリードされてる感じがする……。

「ちょっとこのまま歩かない」

「いいよ」もちろんいいよ、僕だってそのつもりさ……でも、どこに行ったらいいんだ？ どこに行くのですか？　と声をかけようか、いやいやなんでそんな丁寧な言葉を使おうとしてるんだ、僕がリードしなくっちゃ、ここは『どこ行こうか？』が、正解だ。と、思いながらも口に出せないでいると、香奈ちゃんが立ち止まった。居住区をそろそろ抜けようかというところまでやって来ていた。この先は田んぼや畑が広がっていて、無人の農業機械が動き回って土を耕したり収穫したりしている。その向こうには壁が見える。高さは10メートルほどで、僕たちの「まち」をぐるりと取り囲んでいる。その壁の向こうにはかつての福岡市が広がっている。が、今は使われなくなって朽ち始めているらしい。これも授業の中で教わった。

香奈ちゃんからかすかにいい香りが漂ってくる。僕は我慢ができなくなって横を見る、香奈ちゃんはまっすぐ前を見つめている。風が香奈ちゃんのショートカットを揺らした。いつかこの髪に触れてみたいものだ。香奈ちゃんの横顔を見ながらそんなことを考えていたら、突然こちらを向いた。

「あのさ、直人くん」

「なに？」あまりにも突然のことで僕は少しよろめいた。心臓が痛くなるほどびっくりしている。

「なに、そんなにビックリして？」

「いや、なんでもない」

「変なこと聞くんだけど……」

「！」告白される！　僕はそう直感した。

「福岡市って行ったことある？」

「えっ？」

「福岡市」

「隣のまちだった？」

「そう」

「いや、ないけど……」告白されるかもしれないというふわふわした淡い期待は、福岡市という形ある言葉のイメージにかき消された。かき消されたのだが、その淡い期待がまだ僕のまわりを漂っていて福岡市という言葉を受け入れられずにいる。

僕は自分で言うのもなんだが、非常に単純な男なので今日「一緒に帰ろう」と言われた時から香奈ちゃんのことを意識しまくり、一緒に歩いているこの時間で憧れの存在から付き合えるかもしれない存在になってしまっていた。僕は自分の単純さを呪った。

「私、あそこに行ってみたいんだ。直人くん今度の日曜日に一緒に行ってくれない？」

……告白じゃなかったけど、日曜日に一緒に行くのは悪くない。誘ってくれていることに間違いはないし……でも、

「だって、あそこ立ち入り禁止だろ」

「それでも行くのよ」

「それでも行くって……」

福岡市というのは僕たちが住んでいる糸島市の隣の大きな大きな街だったところだ。

40年前、人類は未知なるウイルスに襲われた。爆発的な感染力に人類は無力だった。ウイルスに感染すると高熱が続き、人がどんどん死んでいった。幸運にも死を免れた人たちもその後の後遺症に絶望した。視覚の異常だった。このウイルスは人間のDNAを書き換える性質を持っていて、今まで美しいと感じていたものが醜く見えるようになった。ウイルスはどこからきたのか？　環境破壊が北極の氷に閉じ込められていた太古のウイルスを出現させた……とか、どこかの国の陰謀ではないか……とか言われたが、どれも確証に乏しいものばかりだった。真相は今だに謎である。人類はなすすべもなくウイルスはすべての人間に感染した。この病気を克服するのに人類は10年という歳月を要し、全世界の人口は10分の1まで減った。日本の人口も激減し、すべての街を維持できなくなり、国土が広すぎる事態に陥った。そこで新しい街を

作り人口を集中させ維持管理が簡単にできるようにした。福岡県では三つの拠点が整備されることになり、その一つに僕たちの住んでいる糸島市が選ばれた。といってもかつての糸島市の姿はそこにはない、管理しやすいように新しい「まち」に作り替えたのだ。そして福岡市はある日突然誰もいない街になった……と、これも授業で習った。香奈ちゃんはその福岡市に行ってみたいと言うのだ。

「なんで？」

「お父さんとお母さんが昔住んでたって言ってたの、それは大きな街だったんだって」

「それは、授業で習ったから知ってるけど」

「私、土が欲しいの」

「土なら、この辺にもあるじゃない」

「マウンドの土なの」

「マウンドって？　野球のピッチャーのマウンド？」

「そう。私のおじいちゃん、人類に病気が流行る前は野球選手だったんだって」

「えっ、本当？」香奈ちゃんは空っぽの容器を見せてくれた。その容器には香奈ちゃんとおじいちゃんの写真が貼ってあり、大好きと書かれていた。おじいちゃんは体の大きな優しい笑顔の人だった。

「あの病気でおじいちゃんたちの暮らしはめちゃくちゃになっちゃったでしょう。おじいちゃんとお父さんだけ生き残って、昔住んでいた家も捨てたし、仕事も捨てて、私はおじいちゃんのおかげで今があるんだけど、そのおじいちゃんの体調が悪くて、私せめておじいちゃんにマウンドの土を触らせてあげたくて。おじいちゃんよく言うの、マウンドの土の匂いが懐かしいって。だからマウンドの土を手にしたら元気になるんじゃないかと思って。この容器に入れて持って帰ってあげるんだ」

「ふぅん、で、どこのマウンド？」

「福岡のドーム球場」

『ドーム』と、聞いて僕の心はざわついた。昔はドームで野球をやっていたらしい。それは教科書で知っていたが、僕だって見たことはない。そのドームに行きたいと言っている。野球ができるほど広いドームってどんなだろう、そこのマウンドってどんなだろう、そこでは連日野球をやっていたと聞く、僕も興味が湧いてきた。でも、でも、なんで、

「なんで、僕なの？」

「ボランティア行ってないって」

「えっ？」

「朝、言ってたじゃない。だから」

「あぁ、そうか」……暇人だからか……。

「約束したよ、来週の日曜日ね」

「う、うん」

「じゃあね、直人くん、私楽しみにしてるから」と、言うと香奈ちゃんは僕を残して走り去っていった。僕は一人その場にとり残された。

『日曜日かぁ……』僕は楽しみでもあり、ほんのちょっと僕の気持ちと香奈ちゃんの気持ちのずれを考えて胸が締め付けられて、でもやっぱり楽しみななんとも言えない気持ちで佇んでいた。風が心地よく吹いていた。


あっ、という間に一週間が過ぎた。

約束の日曜日がやってきた。

僕は散々迷った挙句ジーンズとパーカーでシンプルに決めた。髪型に時間をかけすぎて気がつくと約束の時間が迫っていた。マウンテンバイクに乗って大慌てで待ち合わせの場所に行く。セットした髪型は自転車の風ですぐに崩れた。待ち合わせ場所の「まち」の外れの無人のコンビニに着くと、すぐに香奈ちゃんもやってきた。香奈ちゃんは細身のストレッチ素材のジーンズにピッタリした青色のジャージ素材の上着を着てリュックを背負っている。乗っていた自転車はスポーツタイプのものだった。ボーイッシュな彼女によく似合っていた。

「それじゃ、行こう！　付いてきて」と言って、香奈ちゃんは自転車を漕ぎ出した。とっても軽やかに、スゥーと走り始めた。僕は遅れないように慌てて自転車を漕ぎだした。僕の前を香奈ちゃんが進んでいく。

『これはいけない』スポーツタイプの自転車に乗っている香奈ちゃんのお尻が刺激的すぎて僕は慌てて彼女の横に並んだ。僕はまだドキドキしている。

「まち」はぐるりと壁で囲まれている。僕たちは糸島市の外へ出ることは禁じられている。壁には維持管理のために外に出られるドアがあり、そこには外に出る人を監視するためにセンサーがついているのだが、センサーが壊れたまま放置されているところもある。そんな場所は高校生なら誰でも知っていた。僕たちはそこを通って糸島市の外へ出た。

壁から外へ出ると僕らの目の前は真っ赤に染まった。香奈ちゃんが僕を見た。僕たちはそれを無視して前に進む。壁から数十メートル離れるとその信号も途絶え僕らの視界は通常通りに戻った。

僕たちは昔使われていたバイパスを走る。車は一台も通ってない。道路には信号機が立っているがすべて消えている。僕たちを止めるものはなにもない、道路の真ん中を風をきって走っていく。かつて田んぼだったところは草が生い茂り、所々竹や木に覆われている。不思議なことに道路沿いには携帯のアンテナ基地局の新しい物が立っている。人もいないのに……。

「こっちに行くよ」と言って香奈ちゃんは有料道路として使われていた自動車専用道路へと入っていく。自転車で上るには結構な坂を息を切らして上っていく。地上20メートルほどの頂上まで上ると一気に見晴らしが良くなり、空が近くなった。左手の遠くには海も見える。二人ともテンションが上がる。30年間使われていなかったために草が生え、コンクリが剝げ落ち、アスファルトがめくれているが、自転車二台が通るには十分な強度が保たれている。この空中道路はとても気持ちがいい。道路も空も風も二人で独占していた。香奈ちゃんの横顔がとてもまぶしい。

「ここで下りるよ」そう言って香奈ちゃんは長い下り坂を下りて一般道へ合流していく。僕も遅れまいと付いていく。香奈ちゃんは古い地図を持っていて、時々止まっては地図を見ながら道を確認していた。

教科書の中で見る廃墟となった福岡市と自分の目で見る福岡市は全然違っていた。圧倒的な現実として目に飛び込んでくる。当時よっぽど慌てて街を捨てたのだろう、30年前の生活の名残があちこちに転がっていた。朽ちかけた自動車がそのままになっている、教科書の中でしか見たことのない駅や、ガソリンスタンド、ハンバーガーショップが無人の街に色を与えている。アスファルトの隙間から草が生え街路樹は枯れて朽ちていた。僕たちが住み慣れた「まち」とは違い、高いマンションもあれば一軒家もある。なによりもゴチャゴチャした雑然としたつくりになっている印象だ。

しばらく進むと緑に覆われた一角に差し掛かり、また坂道を上っていく。途中の看板には愛《あ》宕《たご》神社と記されていて、草が生い茂った広いところに出た。香奈ちゃんは草を気にせずに進んでいく。

「ついた。ここでちょっと休憩」と言った香奈ちゃんの先には見たこともないような立派な屋根の建物が建っていた。

「すごい……」言葉にならなかった。僕たちが住んでいる殺風景な四角いマンションとは比べようもない優美な建物で、屋根が落ちそうに大きかった。しかも木でできていた。昔の建物は木でできているっていうのは本当のことだったんだ。

「すごいね……」

建物の周りを一周して、下から見上げたり、横から眺めたり、建物の中に入ってみたりした。ひと通り見ると、

「私さ、お弁当作ってきたんだ。せっかくだからこういうところで食べなきゃね」と、香奈ちゃんが言った。

「直人くんのもあるよ、一緒に食べよ」

もしかしたらこんなこともあるかもしれないと思って母親のお弁当を断っておいてよかった。僕は幸せだ。

僕たちは神社の石段のところに座って香奈ちゃんが作ってきたお弁当を食べた。おにぎりと唐揚げと卵焼きが入っていた。日差しがポカポカしていて周りの木々の葉っぱがキラキラと輝き、美しい声で鳥が鳴いていた。僕がそちらを見ると慌てて鳥は飛び立ち逃げていった。夢のような時間だった。

「飲む、紅茶」といって差し出してくれたコップを取ろうとした時、ガサガサという音と

ともに僕たちの足元に黒光りする蛇が現れた。

「うわぁ！」

「きゃー！」香奈ちゃんは立ち上がって後ずさる。どうやら香奈ちゃんも蛇が苦手らしい。

蛇の金色の目が僕たちをじっと見る。

僕も蛇は苦手だ。苦手だがここは香奈ちゃんの前で格好いいところを見せなければいけない。

香奈ちゃんの前に立ち、腰が引けた状態で必死に追い払うと蛇は草むらの中にスルスルと逃げていった。香奈ちゃんはまだびっくりしている。

「直人くん、蛇大丈夫なの？」香奈ちゃんの声が震えている。

「まぁ、それなりにね」と言いながらも、まだ蛇のねっとりとした鱗の体表が蠕動し鈍く光りながら草むらに入っていく姿が頭から離れない。

「長くて、くねくねしていて、あの鱗がダメ、思い出しただけでゾッとする。よかった直人くんと一緒で」

「全然いいよ」……ん、もしかして、僕と一緒に来たのはこんなことがあるかもしれないと思ってだったのかな？　と思っていると、それを見透かしたかのように、

「あっ、直人くんを誘ったのは助けてもらおうとかそんなことを考えてじゃないからね」と言

われた。

「あっ、うん」

「ダメ、びっくりしてまだドキドキしてる。直人くんありがとう」

「香奈ちゃん本当に蛇苦手なんだね」

「あっ、初めて香奈って呼んでくれた」

「えっ、あっ、そうだっけ？」

「そうよ、名前呼んでくれたことなかったじゃない」

「あっ、そうかな……呼んでなかったっけ？」当たり前だ、今、初めて勇気を出して呼んだんだから、自然に言ったつもりだったんだけど、そこに気づかれたらもう次に名前を言いづらくなっちゃうよ。参ったなぁ、せっかく名前で呼んだのに……。

「嬉しい」

「えっ」

「名前で呼んでくれたの」

「……」

どう考えたらいいんだろう……この展開は想像していなかったぞ、どう答えたらいいんだろう……。

「直人くんさ、私が見てたの知らなかったでしょう」

「この前の部活？」

「うぅん、今までの部活」

「えっ」

「ピッチャーしているとこ見てたんだ」

「あっ、そう……」

コクられる。これはコクられる展開じゃないか、オレが、香奈ちゃんから今度こそコクられる、どうしたらいい、どうしたらいいんだオレ……。

「……」

だめだ、黙っていてはダメだ、オレから言ったほうがいい、喉がヒリヒリする、ここはやっぱり男のオレから……。

「直人くん」

「あのね香奈ちゃん……」

「肘がね」

「ん？　ひじ？」

「そう、もうちょっと肘から出して投げないと肘を痛めるんじゃないかと思って」

「あっ……そうなんだ。監督からも言われるんだ、肘の位置が悪いって」……って、なにを言ってるんだ、香奈ちゃんはなにを言ってるんだ……。

「そうでしょ、中学の時の投球フォームのほうが癖がなかったもん」

「知ってるの？」

「見てたもん」

「野球好きなの？」

「うん、おじいちゃんの影響」と言って、香奈ちゃんが僕を見た。僕も香奈ちゃんを見る。香奈ちゃんの顔が近くにあった。今日の香奈ちゃんは唇の色がいつもより赤くぷるんとしている、リップをつけて来てたんだ。一瞬そんなことを考えた。

「大好き」いたずらっぽく笑って香奈ちゃんが立ち上がった。僕はドギマギした、野球のこと？　それとも、この会話からして、僕のことを言ったの？　今、告白されたの？　僕はどうしたらいい？　なにを答えたらいい？

「行こう」

「どこへ？」僕も立ち上がる。

「ドーム。ドームに行ってマウンドに立った直人くんが見たい」

　これは、もう行くしかないっしょ！　告白されたと思っていいでしょ。振られることの恐怖感が僕を萎縮させていたけど、香奈ちゃんが状況を整えてくれて拒絶されることはなくなった。香奈ちゃんは大好きと言ったが、僕のことか野球のことかはっきり言わなかったのは僕にチャンスをくれたからだろう。僕の口から決定的なことは言ってほしいと。男らしくはっきり言うのはあなたよ、と。それなら、ドームのマウンドに立って、男らしくオレが香奈ちゃんに伝えるよ。『香奈ちゃん、好きだ、付き合ってくれ』と。

「行こう、ドーム！」僕の気持ちはマックスに高ぶった。

「付いてきて」と言って自転車を漕ぎ出した。けど、道を知らなかったので、すぐに香奈ちゃんが道案内をしてくれた。


　ドームを目指して自転車を漕いでいると徐々に背の高いマンションが現れる。そのマンションの先にひときわ大きな建物が見えてきた。昔ホテルだったシーホークだ。

　シーホークの北には海が広がり、そこにはたくさんの風車が整然と並んでいる。教科書で見たことがある。ここで電気を作り、僕たちの街で利用しているのだ。今日も風車は回っていて、たくさんの電気を作っている。シーホークの足元に巨大なドーム球場がある。目指すのはあの場所だ。

ついに僕たちはドーム球場に繋がる長くて大きな階段の下に到着した。この階段の上に球場がある。ここで自転車を降りて階段を上っていく。不思議なことにここにも携帯のアンテナ基地局が立っていて、階段に一歩足をかけると僕たちの視界が突然赤くなり目の前に警察官が現れた。その警察官の注意が近くのスピーカーから聞こえる。

「この先は立ち入り禁止です」

「あれ、なんでこんな所で映像が流れるんだろう?」

僕たちの足は止まった。それでも、僕は自分の気持ちを止められなかった。

「せっかく来たんだから、行ってみよう」

階段を上りきるまで警察官の注意が続き、最後は厳しい口調の警告になったが、階段を上りきると警察官もいなくなり視界も通常に戻った。

「でかいなぁ……」ドーム球場を見上げながら僕は心底驚いた。

あまりにも大きくて全体の形を把握できない。ただただその大きさに圧倒された。

「体育館がいくつ入るんだろう……」

香奈ちゃんがもっと驚くことを教えてくれた。

「昔はね、この屋根が動いて開いてたんだって」

と、言われてもにわかには想像できない。それほど僕たちの生活とはかけ離れた建造物だった。足元には何かのモニュメントだったらしい人の手をかたどった彫像が転がっている。

僕たちは中に入れる場所を探そうとドームの周りを歩き始めた。昔の「ゲート」と書かれた出入り口はすべてのガラスが取り除かれ、金網で塞がれている。どうしてガラスが取り除かれているんだろう？　どうして金網で塞いだんだろう？……ほんのちょっと疑問に思ったけど、面倒臭くて考えるのをやめた。

「直人くん、あそこ金網がめくれている」香奈ちゃんが入れそうな場所をみつけた。

「危ないかな？」香奈ちゃんがちょっと不安そうに聞いてくる。

いつもの僕なら決して入らないはずだが、今回ばかりは香奈ちゃんに告白したい気持ちが勝っていた。なにも僕を止められない。

「大丈夫だよ」僕たちは5番ゲートの金網がめくれている場所から中に入ろうとすると、かすかに暖かな空気が流れてきているのを感じた。かまわずに僕らは中に入った。

中はゆるくカーブをしたコンコースになっている。そのコンコースの内側に20番通路、21番通路と番号がふってあり、観客席に行けるようになっていた。

僕たちは21番通路から入っていく。薄明かりに照らし出された中の空間はびっくりするほど巨大だった。天井も高く、観客席は一体何人収容できるのか見当もつかない。香奈ちゃんも僕もあまりの大きさにびっくりし口々に「大きい」と声が出た。

グラウンドには黒い大きな箱が何百と整然と並んでいた。そういえばどうして薄明かりがついているんだろう、空気も暖かい。さらに球場全体を低周波の音が包んでいる。なにかの機械が動いているのはこの熱と低周波の音で分かる。どうやらなにかの施設として使われていることは間違いない。ただよく見ると、グラウンドに置かれた黒い箱はマウンドを避けるように置かれていた。マウンドはちょっと盛り上がっているので黒い箱を置けなかったのだろう。マウンドが残っていたのは幸いだ。僕が目指す場所がまだそこにある。そして香奈ちゃんの欲しがっていたマウンドの土もそのままになっている。

「ちょっと怖いね」と言って、香奈ちゃんが僕の腕を掴む。僕は僕の腕を掴んでいる香奈ちゃんの手をみる。思った以上に黒く見える。あかりの加減か手には濃淡の細かな陰影がついている。僕は香奈ちゃんを安心させたくて、そしてこの機会を逃さないようにと香奈ちゃんの手に自分の手を添える。香奈ちゃんは僕の手が重なっても手を引っ込めなかった。僕はちょっと力を入れて香奈ちゃんの手を握りしめる。香奈ちゃんの柔らかく暖かい手の感触が伝わってくる。僕の心臓は苦しいほど高鳴る。僕たちは緊張してお互いの顔を見ることができず、まっすぐ前だけを見ていた。

「行こう！」僕は香奈ちゃんの手を引き、観客席の階段を下りていく。低周波の音が先ほどよりも大きくなった。観客席とグラウンドを仕切っている柵を乗り越えグラウンドに降り立つ。グラウンドから見るドームはひときわ広く、天井もさらに高く感じる。

舞台は整った。

「香奈ちゃんちょっとここにいて」と言って香奈ちゃんをそこに残し僕はマウンドへとかけて行く。

「直人くん……」ちょっと不安そうな声で香奈ちゃんが僕の名前を呼んだ。

黒い箱は近くで見ると思った以上に大きく、熱い。熱の正体はこの箱だった。この熱を逃がすためにゲートのガラスが取り除かれていたのか、でもこれはなんだろう。高さは4メートルほどの金属製で、所々に赤や緑の小さなランプがあり激しく点滅している。低周波の音もこの箱から出ていて、箱と箱は太いケーブルで繋がれている。ケーブルは蛇のようにノタクタとグラウンドを這っていた。

だんだんと頭が重く感じ、目も熱かった。でも、それはグランドで香奈ちゃんに告白しようとする僕からすれば大したことではなかった。それよりもなによりも、告白するんだと決めてから心臓が早鐘のように鳴り、告白して早く楽になりたかった。

黒い箱の間をすり抜け僕はマウンドに立った。赤土のマウンドには白いプレートが埋め込まれている。かつてここで満員の観客に見守られて渾身の一球を投じるプロ野球が行われていた。僕の憧れた世界だ。僕はいまそのマウンドに立っている。

9回裏、最後のバッター、僕はロジンバックに手をやり、キャッチャーのサインを眺め一度首を横に振ってからうなずく。投げる球は僕の一番自信のあるストレート。バッターもそれを知ってタイミングを合わせてくる。力と力の真っ向勝負。僕はおおきく振りかぶって、渾身の一球を投げる。バッターは待ってましたとフルスイング。白球はバットの上をすり抜けキャッチャーミットへ！　試合終了。僕は両手を挙げて勝利を喜ぶ。球場が歓声に包まれる。そして、僕は叫んだ！

「香奈ちゃん、大好きだ、付き合ってほしい！」……空想と現実を混ぜ合わせた素晴らしい告白だ。

「直人くん！」

僕の告白を聞いていたのだろう、香奈ちゃんの声がかすかに聞こえた。

そして、空想ではあっても最後の一球を投げた自分の右手を見つめる。

「！」

僕は自分の右手の違和感に気がつく。手のひらが黒い。左手も見る、左手の手のひらも黒い。両手が黒く見える。薄暗い照明のせいなのか、それにしては黒い。恐る恐る手を返す。本能がやめろと言っている。見るなと言っている。

なんだこの手は！

手の甲は、鱗で覆われていた。

「ウワァ！」僕は声にならない悲鳴を上げた。手を振っても払ってもその鱗は取れなかった。鱗がついているのではなく、皮膚が鱗になっていた。黒光りして、ねっとりと濡れたように光っていた。袖を捲ってみた、鱗は腕全体に続いていた。袖をたくし上げてもたくし上げても鱗は続いていた。

一体どうした、僕の目がおかしくなったのか……もしかしたら、この黒い物体、これが原因なのか……。

「直人くん」香奈ちゃんがこっちに来ようとしている。黒い箱に阻まれて僕がどこにいるのか分からないようだ。

『ダメだ、来ちゃいけない、来たらダメだ』僕の心が叫んでいる。声に出したくてもあまりのショックに声にならない。

「直人くん、どこ、どこにいるの？」香奈ちゃんの声が近づいてくる。

『ダメだ、こんな姿を見せられない、来ちゃダメだ』心臓が苦しい。

「直人くん……」香奈ちゃんの声が近づいて来た。足音が僕の後ろで止まった。息を切らした息遣いが聞こえる。

「嬉しかった……」僕の告白のことを言っているのだろう……やっぱり香奈ちゃんも僕のことが好きだったんだ、頭の隅でかすかにそんなことを思う。

「直人くん……」

振り向いたらダメだ、振り向いたらダメだ……思いとは裏腹に僕は香奈ちゃんの方に顔を向ける。見るな、見てはいけない、見ちゃダメだ！　香奈ちゃんが僕を見る。僕が香奈ちゃんを見る。

黒光りする鱗に覆われた顔がお互いを見る。

僕にはすべてがスローモーションのように見えた。香奈ちゃんの口がゆっくり開かれる。筋肉の動きに合わせて鱗が鈍い光を放っている。今日つけて来たリップが黒い鱗の中にあって赤く艶やかだ。鱗で覆われた顔が、醜く歪み、その目は信じられないものを見た驚きで見開かれている。僕の顔も鱗に覆われ醜くゆがんだ顔になっているのだろう。悲鳴とともに香奈ちゃんは後ずさりする。

「香奈ちゃん」僕が近づこうとすると、

「きゃー!、来ないで、来ないで、来ないで!」と、叫んで、逃げて行ってしまった。

幸いなことに香奈ちゃんは自分が鱗に覆われていることに気がつかなかったのだろう。僕だけが鱗に覆われていると思ったに違いない。

香奈ちゃんのいた場所にはマウンドの土を入れようと持って来ていた容器が転がっていた。僕はその容器を手に取る。そこに写っていた香奈ちゃんとおじいちゃんの写真も鱗で覆われていた。

どこをどうやって外に出たのか分からない、気がつくとドームの外に出ていた。ドームの外で自分の手を見ると、普通の人間の手に戻っていた。階段を降りる時に目の前に警察官が現れまた警告された。『そうか、そうだったのかぁ……』一台取り残された自転車にまたがって僕はドームを後にする。

人類は病気を、ウイルスを克服したなんて嘘だった。ウイルスはＤＮＡを書き換え、人類の肌を鱗状にした。そして何より恐ろしいことに鱗の肌は遺伝していった。生まれてくる子どもも鱗に覆われていたのだろう。母親は生まれてきた鱗だらけの赤ん坊を可愛いと思っただろうか。お腹の中の子どもを愛おしいと思えただろうか……人類を存続させるためにこれ以上の減少は何としても阻止しなければいけなかった。

だから人類は決断したのだ。

人工の水晶体を埋め込み、コンピュータで画像処理した肌を見せるという決断を。

僕たちの「まち」に高い建物がないのも電波の死角を作らないためだし、発電施設が海にあるのも、蓄電施設が僕たちの「まち」ではなくドームの中に作られたのも電波を干渉させないためだ。物流のための主要道路だけにはアンテナを立てていた。こう考えればすべて辻褄があう。今まで送っていた普通の生活はコンピュータが見せてくれていた平穏だった。

僕は一人、誰もいない街を自転車を押して歩いている。生きるために捨てた街を。

明日僕は香奈ちゃんと学校で会う。でも、香奈ちゃんはきっと僕を見ない。僕も香奈ちゃんを見ない。

僕たちの中にいたお互いもいなくなった。

手の中の希望

義理の母は自ら命を絶った。ドアノブに紐を引っ掛けてそこで首を吊って亡くなったのだ。認知症だった義母は正気に戻ったときに何度か自殺未遂をし、その都度警察や消防に面倒をかけていた。今回も正気に戻った時に家族に迷惑をかけたくないという思いに駆られたのだろうということで落ち着いた。

第一発見者は私だ。すぐに消防と警察に電話したが、ショックが大きく詳しいことは私も覚えていなかった。義母の首に巻かれた紐と、見開かれた義母の目だけを覚えている。

あれから3年が経った。

夜降っていた雨もすっかり上がり、初夏を思わせるようないい陽気になった。マンションの窓を開けると心地良い風がレースのカーテンを揺らして入ってくる。今朝の青空は雲ひとつない。こんな日に家でじっとしているのはもったいない。

「ひまー、僕なにしたらいい？　ねぇねぇなにしたらいい？」5歳になるあっくんも朝から部屋の中であり余る体力をどう消耗させていいか分からずにいるようだ。

「あっくん、川遊びに行こうか」

「うん、行く！」

私はあっくんを連れて近くの山に出かけることにした。その山の中腹に川が流れていて、子どもたちが遊んでも危なくないように川岸が整備されている。川上には滝がありこの辺りでは人気のスポットになっているが、この川遊びの場所は地元の人しか知らない。夏ともなると川遊びをする地元の子どもたちで賑わい駐車場もいっぱいになる。だがこの季節はまだ人も少なく駐車場にも車を停められるだろう。

車に乗って出かけるとあっくんはワクワクする気持ちで窓の外を眺め、信号で車が止まるたびに、「もうつく、あとなん秒でつく?」と言って私を楽しく困らせる。

程なくして目的地の川に到着した。車が数台停まっているが思ったとおりまだ少ない。私は車を停めて、あっくんと手を繋ぎ歩き出す。あっくんは待ちきれない様子で早く早くと言って私を急かす。岩場に作られた階段をゆっくり降りると水辺にたどり着く。水辺は大きな岩で囲いを作って水深を浅くしていて、その岩を越えると流れのある本流となる。昨日の夜の雨でいつもよりも水の量が多く、水の流れが岩に当たり涼しげな音を響かせている。私たちと同じく子ども連れの家族が水深の浅い水辺で遊んでいる。

あっくんも水着になって早速川に入っていく。私は岩場に腰を下ろしあっくんを見守る。サンダルを脱いで水に足をつけると冷たさが心地いい。強い日差しは木々が程よく遮ってくれ木漏れ日となって優しく降り注ぐ。あっくんは時折こちらを振り向いては私が見ていることに安心してまた遊びだす。

『なんて幸せなのだろう』

穏やかな幸せを感じるたびに義母の介護をしていた追い詰められた日々のことを思い出す。

『お義母さんが亡くなって3年……早いものね』

あっくんの妊娠が分かった頃、義母の認知症も分かった。おそらく数年前から認知症の症状が出ていたのだろう、だがなんとか独り暮らしができていた。本当は私も夫も義母の認知症に気がついていた。気がついていたが二人とも気がつかないふりをしていた。義母の認知症を夫婦の問題として直視したくなかったからだ。それでも義母が徘徊して警察に保護されたことをきっかけに、これ以上一人暮らしはさせられないと義母を引き取り一緒に住むことにした。一緒に住むようになると環境が変わったせいもあるのだろう義母の認知症はみるみる症状が進み、好き嫌いが激しくなり、私は泥棒扱いされ、血の繋がらない義母の介護が徐々に重荷になっていった。

あっくんが生まれる直前、夫と相談して施設に入れようということになった。だが、申し込みをすると数年は待たないといけないと知らされた。すぐに入れる施設は私たち夫婦の稼ぎでは手の届くものではなかった。次に病院に行ったが、入院しなければいけない疾患がないと断られた。市役所に相談に行くと、「デイサービスをうまく利用してください」と、十人相談に来たら、十人にまったく同じことを言っているのだろう、実に手際良く親身になってくれた印象だけが残るような言いぶりで説明された。建設現場の責任者である夫は、「よろしく頼むよ」と言って出張に出かけ、私は生まれたばかりのあっくんと、介護が必要になった義母との三人での生活を余儀なくされた。すべてが私に任された。


あっくんは魚でも見つけたのだろう、何かをつかまえようと必死に水の中を駆け回っている。あっくんの周りの水しぶきがキラキラと輝いている。

「見て見て」あっくんが小魚を捕まえて戻ってきた。

見るとあっくんの手の中で苦しそうに体をよじらせている。

「逃がそうね」と言うと、

「持って帰る」と言う。

「でも、すぐに死んじゃうよ、ほら、あっくんの手の中で、息ができなくて苦しいって。お魚さんは水の中で息をするから手の中だと苦しいのよ」自分で言った言葉に息苦しさを覚える。

「嫌だ、持って帰る」としばらく駄々をこねていたが、私がダメだというとしぶしぶ魚を水の中に戻した。手で持っていた時間が長かったからだろう、水に戻した小魚は私の足下でそのまま沈んで動かなくなった。水の底で小魚は体を横たえている。私は死んだ魚を見て気持ちが落ち着かない。あっくんはまたほかの獲物を探して川の中に目を凝らし始めた。

あっくんの手の中で苦しそうに体をよじらせていた姿と、水の中で沈んで動かなくなった魚の死が私を3年前の時間に引き戻す。


保育園にあっくんを迎えに行きマンションの駐車場に車を停めた。車の中で眠ってしまったあっくんを抱っこしてエレベーターに乗る。そしてドアを開けて家の中に入ると、義母が部屋から半分体を出して不自然に座っていた。私は死んでいると直感した。私はあっくんを起こさないようにベッドに運びそのまま寝かした。そして動かない義母のそばでしばらく呆然と立っていた。義母の首に巻かれた紐がドアノブと繋がっていて、義母の見開かれた目が私を見ていた。どれくらい時間が経ったのか分からない。我に返った私は慌てて消防と警察に電話をした。電話する右手が痛い。しばらくすると救急車と警察がやってきて、義母は救急車に乗せられて行ってしまった。残った警察が部屋の中を調べている。私はいろいろ聞かれたと思うが、あの日のことはどうもうまく思い出せない。義母の死はそれほどショックなことだった。

気がつくと、あっくんが水深の浅い水辺を隔てている岩を乗り越え川の中に行こうとしていた。私は慌てて立ち上がる。

「あっくん行っちゃダメ！」あっくんが私の声に振り返る。

その時あっくんがバランスを崩してそのまま川の中に転がった。私は慌ててあっくんのそばに駆け出す。あっくんがスローモーションのように川に流されて、川の中で体がゴロンと回転した。ほんのすぐ目の前なのに手が届かない、あっくんは手足をバタバタさせて必死に息をしようともがいている。

「キャー、あっくん！」私はようやく悲鳴をあげることができた。私の悲鳴に他の家族連れが気づいたようで、慌ててこちらに向かってくる。私は必死になってあっくんを追いかけ川の中に入っていく。だんだんと川が深くなり胸まで水につかる。

私は必死に手を伸ばす、あっくんに届きそうになる。もうちょっと、もうちょっとであっくんに届く……。

私はその場で地面を蹴ってあっくんめがけて飛びついた。

届いた。あっくんの服を捕まえた。

あっくんを引き寄せ抱きしめる。

足が、川底に届かない。流れる水の中でバランスが取れない。

このままじゃダメ、体勢を整えないと……。

水の中で体のバランスを取ろうとするが、あっくんが私にしがみついてきて私の手が自由にならない。

バランスを取ろうとすればするほど体は不自然に水の中を回転した。

回転しているうちに早い流れに捕まった。

私もあっくんも流されていく。

上も下も右も左も分からない、息ができない。

沈む……あっくんだけでも助けたい……。

その時川岸から誰かがロープを放ってくれた。

「これに摑まれ！」誰かの声が小さく聞こえた。

目の前にロープがやってきた。

川に流されながら私は必死に右手を伸ばしてそのロープを摑む。

うまく摑むことができた。

助かる。そう思った。

あとはあっくんを抱きしめたまま、なんとか川の中で立つことができれば……。

川底に足をつけようとするが、水圧が強くてうまく水の中に立つことができない。顔に押し寄せる川の水で呼吸もできず、私もあっくんも水をガブガブ飲んでしまう。

早く岸に移動しなくては……

私とあっくんが受ける川の流れの水圧で、つかんでいるロープが手の中でズリズリ滑っていく。私は無我夢中で摑んでいた右手のロープをぐるりと一重手に巻きつけた。

手に違和感を感じた……この手の感触はなんだろう。

思い出せそうで思い出せない……思い出すなと心の奥で言っている。『放せ、この手を放せ』と言っている。

ヒリヒリする手が締め付けられるこの感触、流されないように命綱となっている右手に巻きつけたこのロープの感触……確かにこの感触は覚えている。心の奥底からうごめくように湧き出ようとしている記憶。

私はなにを引っ張ったのか……そんなに昔の感触ではない……記憶が蠢いている。

あっくんの顔が苦しそうだ、早く岸に向かわなくては、あっくんがゴホゴホ咳をした。咳をしながら水を飲む……苦しそうな顔で私を見る……口からよだれを出して、手が私を摑む、血走った目が私を見る。なにかを言いたそうに。私は紐を持つ手の力を少し緩めた。その人は喉をヒューヒュー鳴らしながら呼吸をした。私はなにをしているのだろう……その人が私を見ている、血走った目で、逃げようと後ずさる……私の手は目の前の人の首に巻かれた紐をしっかり握りしめている、右手に一重ぐるりと巻いて握りしめている。

自分のしていることの恐ろしさに体の震えが止まらない。

義母が「死ぬ」と呟いた。殺そうとする私を見た義母をこのままにしておくわけにはいかない。私はあっくんと平穏な生活を送りたいだけ……。

私はまた紐を持った手に力を入れた。

ぐるりと巻いた手に義母の喉をしめる柔らかな肉がしまっていく感触が伝わってくる。思いっきり力を込めて引っ張る、右手がヒリヒリ痛む。義母がぐったりとする……。

気がつくと、ドアノブに紐を引っ掛け義母は首を吊っていた。見開かれた目が私を見ていた。

そして消防と警察に連絡したのだった。

なんて皮肉な話なのだろう、助かるために摑んだロープの感触と、殺そうと摑んでいた紐の感触が同じだなんて……。


このまま右手のロープを持っていれば助かる。

でも、助かれば私は義母を殺した記憶とともに生きていかなければいけない。

この右手を離したら、私は楽になれる。でも、あっくんを道連れにしてしまう。

体が移動している。

岸からロープを引っ張ってくれている。

私は右手に力を込める。

当たりくじ

１９８１年２月の終わり、僕は駄菓子屋のくじに目を奪われた。そこには１回５００円の超高級くじがあり、１等は本物のルービックキューブだった。僕はまだルービックキューブの本物を手にしたことはなかった。２月に買った僕のルービックキューブは安物の偽物で、手の中でカチャカチャ回していると突然パーンと弾けるようにバラバラになり、指の間からパーツがポロポロとこぼれ落ちていった。あのバラバラになった時の惨めな気持ちは例えようがない。そのあとはバラバラになったパーツを集め、元どおりに一つひとつ組み立て直していく。最後のパーツを無理やり力で押し込むと、６面全部が完成して元に戻る。自分でルービックキューブを回して完成させるのではなく、バラバラになったものを組み立てる時に完成させてしまうという達成感を味わうことのない作業はなんとも言いようのない屈辱を僕に与えた。しかもそれを親戚のおばさんが「自分で揃えたの、すごいね」などと言ってくる。僕はどう答えたらいいのか分からずに、愛想笑いでごまかすしかなかった。こんなものは子ども心にも粗悪品だと感じていた。

本物のルービックキューブを母親にねだってみたが、「同じものは二つもいらない」と言われ、とても買ってくれそうな気配はない。自分のお小遣いで買おうにも１９８０円はとても高額だ。そんな時目の前に現れたのがこのくじだ。５００円で本物が手に入るチャンスがある。僕の心は激しく震えた。

ここの駄菓子屋は近所の子どもには有名で、小学校が終わった後の子どもたちの溜まり場となっている。生活用水が流れる1メートルちょっとの幅の川に沿って家々が建ち並んでいて、その中の一軒の木造の古い家を改造したお店がこの駄菓子屋だった。川には橋が架けられていてその橋が格好の自転車置き場となっている。駄菓子屋といっても駄菓子だけを売っているのではなく、メインは日用雑貨品を売っていて、その一角で子ども相手の駄菓子屋をやっているのだ。

店の中は雑然としていて、天井からいろんなくじや駄菓子がぶら下がっている。大きな木の古めかしいテーブルがありその上にもいろんなくじがある。甘納豆は小さな赤い袋に10粒ほど入っており、当たり紙が入っているともう一袋もらえる。ザラメをまぶした飴には紐がついていて、当たりの紐を引けば通常の飴よりも何倍も大きな飴が紐に引っ張られて持ち上がる。10円のくじは箱から一つ選び、裏の紫色の薄い台紙をめくると番号が印刷されていて数字が小さいほど豪華な景品が当たる。駄菓子は、ガム、ポン菓子、チロルチョコ、10円くじのカステラ、小さな容器に入ったヨーグルトなどなど。おもちゃは風船や、水鉄砲、銀玉鉄砲、爆竹、こま、あとは、プラモデルとアイスが売られている。文房具も売っている。僕たち子どもには夢の国だった。この店のおじさんはくじの景品が余ると新聞の広告に景品をくるみ、独自のくじを作って子どもたちに引かせていた。そして今回そのくじの超高級バージョンが現れた。それがこの500円のくじだ。1等はルービックキューブ。2等はサンダーバードのプラモデル、箱がちょっと陽に灼けて変色していた。3等はリリアンのセット、4等以下もすばらしい景品だ。ダブルノックのシャーペン、文房具の詰め合わせ、24色の色鉛筆などなどさすがに500円のクジだけあって悪いものがない。ただ、どれもこの店に1年以上あるような品物ばかりだ。それでも1等のルービックキューブは光り輝いている。

僕がこの超高級くじを初めて見た時、くじは全部で20枚あって、なにかのお菓子の箱に切手ほどの大きさのくじが無造作に入っていた。僕の毎月のお小遣いが500円だから、一回やってしまえばひと月のお小遣いがなくなってしまう。プラモデルも買えなければ、駄菓子も買えない、10円のくじも引けない。友達と遊びに来ても僕だけ何もせずに見ているだけになってしまう。このくじを引きたいけど、お小遣いがなくなることと、まだ20枚もくじがあって僕が1等賞を引く可能性は極めて低いことから、まだ勝負をするときではないと考えていた。ならいつ勝負をするのか、それを見極めるために僕は毎日駄菓子屋に通っている。さすがに超高級くじだけあって簡単にはなくならない。それでも毎日通っていると、一つ、また一つとくじが減っていく。ある日真新しい5段変速の方向指示器がついた自転車に乗ってきた子がくじを引いた。それも2回も引きやがった。1等のルービックキューブは当たらなかったが、2等のサンダーバードのプラモデルとハズレでもいい景品を持っていった。帰り際、おじさんに「またくじを引いてもいい?」と聞いて帰っていく。僕はそいつに、「くじなんか引かなくても本物のルービックキューブを持ってるだろう、ここは金持ちが来るところじゃない、俺たちのような貧乏人が夢を見る場所なんだ!」と言ってやりたかったが、そんな勇気はなかった。

残りのくじが12枚になった時に、僕と同じようにこのくじを気にかけて毎日駄菓子屋に通ってくる奴が現れた。同じ小学生のようだが見たことはない。僕と同じように店に入ったり出たりしているが何も買わない。多分、超高級くじの噂を聞きつけ、隣町からやって来たルービックキューブ狙いだろう。こいつもまだくじには手を出さない。僕と同じようにいつ勝負をするべきか見極めようとしているようだ。つまり僕のライバルだ。今日はくじがまだ9枚あったことを確認して気が済んだのだろう、自転車に乗って去っていった。

そこに隣のクラスの中村陽子がやって来た。背が高くて、綺麗な顔をしている。何年生の頃か忘れたが緑色の鼻水を垂らしていたことがあって、それ以来「うどんこ」と呼ばれている。

「うどんこ」が店に入っていく、文房具を買いに来たらしくノートとシャーペンを選んでいる。

まぁ、僕には関係のないことなので、店の外で川を眺めていた。時折ふなが泳いでいたり、ザリガニが顔を出すこともある。生活排水が流れているからそうめんの食べ残しが沈んでいて、やけに白く川底にへばりついている。店の中から声が聞こえる。

「すごい、ルービックキューブがある。おじさんこれ景品なの？」

「あぁ、そうだよ」とおじさんの声も聞こえる。

僕の心がざわついた。うどんこもルービックキューブの超高級くじに食いついた。

「あぁ５００円かぁ。高いなぁ。でもいいなぁ、私もルービックキューブ持ってないんだぁ。おじさん、まだ当たりあるの？」

「あぁ。あとくじが9枚あるから、その中のひとつが1等賞のルービックキューブだよ」

「そうかまだ9枚かぁ、うぅん考えちゃうな」と言って、しばらく静かになった。

『引くのか、うどんこもくじを引くのか、もしくじを引くのなら外れろ！』

僕が小石を投げて川に波紋を作ると、白いそうめんがユラユラと揺れ生き物がのたうっているように見えた。その時、中から悲鳴が聞こえてきた。

「あぁー！」

当たったのか、どうなったんだ？　僕の心臓がキューと締め付けられる。

「ハズれたぁ」と言いながらうどんこが店を出てきた。とても悔しそうな顔をしている。

びっくりさせるなよ、ハズれたんなら大きな声を出さなくてもいいじゃないか。でもまぁいい気味だ。これでまたくじの数が少なくなった。

「くっそー、絶対もう1回引いてやる」と言っているうどんこと僕は目があった。

「鉄平君、くじを引こうと思ってるの」

「あぁ」

「引かないの？」

「まだ、くじが多いからね」

「ふぅん、そっか」とニヤリと笑ってうどんこは去っていった。

こいつもこの先ライバルになるかもしれない。要注意人物だ。

案の定、次の日からうどんこも毎日この店に顔を出すようになった。これで三人だ。三人がルービックキューブを狙っている。いつ動けばいい？　一体、いつ動くのが正解なんだ。

くじがあと6枚になった。

僕と隣町の子とうどんこ、三人が毎日顔をあわせる、何をするでもなく、お互いに喋ることもない。川を眺めたり、すぐ目の前の神社に行って暇を潰したり、ただ店に入る子どもの動向だけに神経をとがらせていた。6枚というくじの数はまだ動きたくても動けない数だった。それは他の二人も同じだったようだ。せめて5枚、本当は4枚で引きたかった。本当の本当は3枚まで待ちたいが、ライバルたちがいる以上、あいつらに当たりくじを持っていかれるぐらいなら、早めに勝負をかけたほうがよさそうだ。でも6枚ではまだ多い、まだ自分が当たりを引く自信はない。あと1枚、くじがあと1枚なくなれば勝負に出よう、5枚なら自分が当たりを引いても不思議じゃない。5枚になったら行く。そう決めた。そう決めてから3日間はなんの動きもなく過ぎていった。

次の日、予想もつかない形で物事が動いた。

僕とうどんこ、二人は相変わらず店の前にいた。隣町の子は僕たちよりもちょっと遅れて自転車で到着すると僕たち二人を確認して店に入り、くじの数を数えたのだろう、すぐにお店から出てきてそのまま前の神社に行ってしまった。そこへ小学校低学年の兄弟を連れたお母さんが自転車に乗ってやってきた。お母さんはお店から大きな荷物を抱えて出てくると自転車の荷台にくくりつけた。どうやらオガライトを買ったようだ。子どもたちはまだお店の中でなにやら物色中だ。お母さんが店の中に戻り、「もう行くよ」と声を荒げた。子どもたちが「嫌だ、絶対に引く、絶対に引く」と行って駄々をこねている。「お年玉で引く」という声も聞こえてきた。もしや、超高級くじを引こうとしているんじゃないか。僕だけでなくただならぬ雰囲気を察してうどんこも店の入り口にやってきた。案の定二人の兄弟は超高級くじを引きたそうにしている。お母さんは「1回だけよ、あんたたちのお年玉はこれで終わりだからね」とくじを引くことを許した。二人の幼い兄弟は小躍りして喜んでいる。そして二人はくじ箱に手を伸ばし、くじを一つずつ手にした。くじの台紙に小さな爪を入れめくろうとしている。

僕はうどんこを見た。うどんこも僕を見た。当たるな、当たるな、僕とうどんこはお互いライバルではあるが、願っていることは同じだ。頼む、神様、この兄弟には当てさせないでください！

子どもたちの高い声が響き渡る！

「外れた！」

「よぉし」思わず声が出てしまった。

そしてもう一人「外れた！」

「ヤッタァ！」と僕たち二人の声が合わさった。

小学校低学年の二人はくじに外れた。これで残りは4つ、神様は僕に味方した。いつでも勝負をかけてもいい枚数になった。さぁ勝負だ、勝負をかけるときだ。そう思って店の中に入ると、ここで二人の兄弟のお母さんが思いがけない行動に出た。

「私も引いてみようかしら」とくじに手をのばしたのだ。

「1等が出たらルービックキューブがもらえるんでしょう?」

まさか、大人がこのくじに参戦するとは思っていなかった。僕は度肝を抜かれた。うどんこも信じられないといった顔をしている。これは当たってしまうかもしれない。

「お母さん頑張れ!」と子どもたちが応援している。

お母さんがくじを一つ手にとった。僕はそれが当たりだと思った。本当は4枚残ったところで、僕がそれを引くはずだったんだ。その当たりは僕のものだぁ! 大人はいつだってそうだ、僕たちが楽しみにしていたものを目の前でさらっていく。お金で買えるものはポンと出してあたかも自分たちが持つのが当然のような顔をして奪っていく。今回も何か大人だけの特別な勘みたいなものを働かせて、僕たちの夢を奪っていくに違いない……大人はいつも僕たちから夢や希望を奪い去っていくんだ!

「外れかぁ」

お母さんも外していた。一瞬、泣きそうになっていた僕の気持ちがまた繋がった。あのくじはハズレだった、僕があのくじを引いていたらと思うとゾッとした。きっとこのお母さんは神様が思し召したに違いない、だって僕の目の前で3枚も外してくれたのだから。

くじを外した兄弟とお母さんがハズレの景品をもらって帰っていく。子どもたちはもっとくじを引きたそうにしていたが、お母さんからもうお年玉ないでしょう、と言われグズグズしながらお店の外に出た。お店の外でお小遣いの前借りをねだっているようだが、お母さんはそれを許さないようだ。もうお店に入ってくることはなかった。

これで当たる可能性がぐんと高まった。残りのくじは3枚。今、勝負をかけないでいつかけるんだ。僕の500円を使うときは今しかない！

「おじさん、僕くじします」

「あ、私も、私もくじします」くっそー、やっぱりそうきたか。当然だろう、うどんこも狙いは一緒だ。

すると、おじさんは「あぁ、分かった分かった。でもね、ほらもう一人いたでしょう。毎日来ている子が」と言う。おじさんはあの隣町からきた子のことを言っているようだ。

「あの子も毎日来ていたから、このくじをしたいんじゃないかな。まだ自転車があるから、あの子が来てからこのくじをやろうね」と提案した。

するとうどんこが「私呼んでくる」と言って、お店を出て神社の方へかけていった。うどんこはあの子が来るのを待てなかったらしい。うどんこらしいせっかちな行動だ。

三人で3枚のくじ、誰か一人が当たり、残りの二人はハズレの景品。どれだ、当たりはどれだ。僕はゆっくりくじを選ぶことができる、これも神様が僕だけに与えてくれた時間だ。

くじ箱に置かれた3枚のくじ。

僕はその3つのくじに意識を集中させる。

さぁ、どれが当たりだ?

僕に透視能力があれば、
僕に特殊な力があれば……。

ジリリリリン、ジリリリリン、ジリリリリン、
体がビクッとなった、突然電話が鳴り出したのだ。

おじさんが「ちょっと待ってなさい」と言ってお店の奥の襖を開けて部屋に上がっていく。

ベルの音が止まった。

「あぁ、もしもし……」おじさんが電話で話しはじめた。

お店には僕一人だ。

お店には僕しかいない。

3枚のくじが僕を見ている。

僕はくじから目をそらす。

僕が目をそらしてもくじは僕を見つめている。

僕たちの中に1枚当たりがあるよと訴えている。

おじさんの電話の話し声がここまで聞こえてくる。まだ、電話は終わりそうにない。隣町の子を呼びに行ったうどんこもまだ戻ってこない。うどんこは大きな電気店の娘で家は3階建だ。隣町の子の自転車はリトラクタブルライトの結構いい自転車に乗っている。僕の家は母子家庭でまわりの家よりも貧乏だ。これは貧乏な家に生まれた僕に神様がチャンスをくれたんじゃないのか。神様がみんなをこの場から遠ざけてくれたんじゃないのか、それだったら神様の大いなる意志に背いてはいけないんじゃないのか。

僕は自分の心臓が高鳴ってくるのを感じた。

目がチカチカする。

喉が乾く。

まわりの音が遠くに聞こえる。

神様、あなたのくれたチャンスを無駄にしません。

3つあるくじの一つに手を伸ばした。

手が震える。

電話はまだ終わらない。

神社からうどんこたちは戻ってこない。

くじを1枚つまみ上げる。

爪を立て、くじの台紙の端をちょっとだけめくってみる。

1
これだ、これが当たりのくじだ。

やっぱりだ、僕の思った通りだった。このくじが当たりだった。つまり、僕はこのくじを確認しなくても当てていたことになる。最初っから神様は僕に当たりを授けようとしていたのだ。

指にちょっとだけ唾をつけ、くじをもう一度貼り付ける。

そしてそのくじをくじ箱に戻す。

そうだ、これでいい、これでいいんだ。

当たりのくじはあそこにある。

まわりの音が近づいてきた。

おじさんはまだ電話している。

神社の方から、ようやくうどんこと隣町の子がこっちに向かって走ってくる。

向こうの部屋からチンという受話器を置く音がする。

二人が帰ってくるのと同じくしておじさんも戻ってきた。

「おじさん、呼んできました」うどんこが息を切らしている。

「本当だ、3つだ」隣町の子の声を初めて聞いた。

三人はくじを見つめている。おじさんが言った、「それじゃ、くじを引きたい人」

「はい」と、三人とも手をあげた。

そして三人はそれぞれ500円札をおじさんに手渡した。

僕は思い切って、「僕、最初に引きたいです」と声に出した。普通に声を出したつもりだったけど、僕の声は上ずっていた。心臓はバクバクしている。僕はくじとおじさんの顔を交互に見ていた。

「よぉし、じゃあ、君から引こうか」とおじさんがいうと、うどんこが「ずるい」と余計なことを言い、「私も最初がいい」と言い出した。それにつられる形で、隣町の子も「俺も最初に引きたいです」と言う。くっそー。ここで、引き下がるわけにはいかない。なんとしても僕が最初に引かなくては、

「僕が最初に引きたいって言いました」

「誰が最初に言ったかは関係ないじゃない、みんな最初に引きたいんだから」

「最初にこのくじを見つけたときから僕はずっとこのくじを引こうと思ってたんだ」

「だったらもっと前に引いておけばよかったのよ」

おじさんはちょっと困ったような顔になった。そしてとんでもないことを口走った。

「それじゃ、一斉にどのくじがいいか指差ししてもらおう、それぞれが引きたいくじを引くのが一番いいから。ね」

「あっ、でも、僕ずっと前から引きたいくじを決めてました」

「そんなの関係ないわよ、おじさんが決めたんだからみんなでどのくじがいいのか指差しで決めましょうよ」とうどんこが言いやがって流れは一気に指差しにいってしまった。

「それじゃ、おじさんがせーのと言ったらみんなで指差ししてごらん」

くっそー、くっそー、くっそー、こうなったら運を天に任せるしかない。

「せーの」

僕は当然あの当たりのくじを指差した。

当たりのくじを僕以外の指も差している。

なんてことだ、なんてことだ！　くっそー、隣町のやつが指差しやがった。

おじさんが「それじゃもう1回行くよ、せーの！」

僕はまた同じ当たりくじを指差した。

くっそー、また指が2本になっている。今度はうどんこが指差しやがった。今からでも遅くないから変更しやがれ！

「あぁ、一緒かぁ。鉄平くんさぁ、余ってるくじにしたら？」

「えっ、嫌だよ、僕だってこれがいいもん」

「それじゃもう一度せーのするよ、せーの」

ヤッタァ、僕が指している当たりくじは僕だけがさしている。これで確定だ。僕がくじを取ろうとすると、

「ちょっと、まだよ、あたしたちが一緒なんだから」とうどんこが言ってきた。見ると、うどんこと隣町の子が同じくじを指差している。くっそー、もういいじゃないか、どうせそれは外

れてるんだからどっちでもいいんだよ、問題はこれだけなんだよ、これは僕が引くんだから残りを二人で分け合ってくれたらそれでいいんだよ。

「せーの」

僕はまた同じ当たりくじを指差した。今度は三人がこのくじを指さした。

うどんこが「鉄平くんもさぁ、違うくじも指差しなよ。そうじゃないとなかなか決まらないじゃない」

「やだよ、僕はこれがいいんだもん」

「なんで、そんなにそれがいいのよ?」

「そ、それは、直感て言うのかな、超能力だよ」

「なんか、怪しい」

「そ、そんなことないよ、僕だって、直感が外れることはあるんだから」

うどんこが僕の顔を覗き込む。

「怪しい」

「ちょ、超能力だよ、神様が言ってるんだ」

うどんこがさらに僕の顔を覗き込む。

「僕だって、神様が違うのを差せって言ったら違うのを差すんだ」

僕はあまりにもドキドキしてきてしどろもどろになってきた。喉は乾いてヒリヒリするし、心臓は高鳴って口から出そうだった。こんなに怪しまれるとは思わなかった。

「せーの」

また三人が同じくじを指差した。当然当たりのくじだ。

うどんこが僕の顔を覗き込んでいる。

このままではいけない。僕の指差しに二人が疑いの目を向け始めている。うどんこは完全に僕を疑っている。仮に二人が折れて別々のくじを指差してこのまま僕が当たりを引けばうどんこは何を言い出すか分かったものではない。きっと噂は学校でも流れるだろう。それはダメだ。そんなことになれば友達の信用を失ってしまう。ここはいったん、ハズレくじを指差すべきだ。いまの流れはこのくじだけに指差しが集中している。僕が1回外してもうどんこと隣町の子はこのくじを指差すだろう。そしてその次からまた当たりくじを指差し続ければいい。一度でも外しておけば疑いの目で見られることはないはずだ。うん、そうだ、ここは1回外しておくべきだ。

「せーの」

僕は一度ハズレくじを指差した。

愕然とした。

ハズレくじを指差した僕の指が震えだした。

僕の目に飛び込んできた光景は、３つのくじに1本ずつの指だった。

あがあがあが……。

なんだ、なんてことだ、なんてことだ！

何が起こったんだ、どうしてこんなことが起こるんだ？　だって、あれほど当たりくじに指が集中してたじゃないか。僕が一度外しても二人は当たりくじを指差すはずだっただろう、なのになんでこんなことになるんだ、おかしいだろう。僕の頭はパニックになった。

「やったぁ、決まったぁ！」うどんこが叫んでいる。

うどんこの指は、当たりのくじを指差している。

隣町の子はもう一つのハズレくじを指差している。お前はなんてバカなんだ、今までの流れだったら当たりくじを指差すに決まってるだろう、クッソー、こいつは僕が思っている以上にバカだった。くっそー、計算外にバカだった。こんなことは絶対に許されない！　ダメだ、と言おうとした瞬間に、

「はい、これで決まり」とおじさんが言ってしまった。

これで決まり？　これで決まり？　そんな、そんなことがあるわけないじゃないか。だって、だって、僕の指差しているくじはハズレのくじなのに、

「鉄平、なに変な顔してるの、早くくじを取りなさいよ」

このくじを取れって言うのか、みすみす外れているこのくじを、神様が僕に当たりくじを引かせるためにあの兄弟とお母さんを遣わしてくれたのに、神様が僕を一人にするために隣町の子を神社に行かせて、うどんこを呼びに行かせて、おじさんには電話までかけさせてくれたのに、

「お前は神様の意思に反するのか？」

「なに言ってるの？」

「……」

「早くとりなよ、それでみんなでめくりましょう」

おじさんが僕を見ている。うどんこも隣町の子も僕を見ている。

僕がハズレくじを取るのをみんなが見ている。

僕の手は震えている。

外れていることが分かっているくじを引かなければいけないなんて、しかも、外れているくじを僕はもしかしたら当たっているかもしれないという希望を顔に出し、本物のルービックキューブが手に入るかもしれないという期待感を漂わせながらくじの台紙をめくり、そこにある数字を見てがっかりしなければいけない。そしてうどんこの当たったという悲鳴が聞こえたらうどんこの方を見て羨望の眼差しで見なければいけない。そんな茶番を演じなければいけないなんて……。

震える手で僕はそのくじを取る。

うどんこが「せーのでみんなで一斉にめくりましょう」と言った。

もう何も聞こえない。もう何も感じない。僕は感情をなくした子どもだ。

「それじゃ、行くよ」

あぁ、感情をなくした僕にも感じることができる。

「せーの！」

これが絶望というものか……。

未開の地

長かった単身赴任がようやく終わる。

見ず知らずの異国の地で言葉も分からず生活習慣も違った。一つひとつ克服してここまできた。きっと故郷では息子も随分大きくなっただろう。帰った時なんと声をかけてくれるだろう？　いや、もしかしたら父親の顔を忘れてしまっているかもしれない。それとも母親が気を利かせて、「お父さん会いたかったよ」って言うように練習させているかもしれない。とにかく帰国を明日に控え、今私は満ち足りた気持ちでいっぱいだ。

私の仕事は未開の文明の調査。

滅多にないことだが、たまに未開の文明を持った種族が発見されることがある。私たちはそこへ出向き、どうやって言語を習得したのか、好戦的な種族なのか、友好的なのか、死をどのように理解しているのか、自分と他人の関わりは……などを調査し、必要とあればその種族が間違った方向に行かないように、まぁ簡単に言えば絶滅しないように手を差し伸べ見守っていくという仕事をしている。そして、たまたま私の担当区域で未開の種族を発見し、そのまま調査に乗り出したのだ。

仕事は困難をきわめた。まず私はその種族と仲良くなるために、見た目を変え、同じような姿になることから始めた。私たちのような成熟した文明では見た目で判断することはないが、未開の文明ではそうはいかない。本人たちがいくら見た目で区別することはないと言っても、会ったこともない人種を目の当たりにすれば敵意をむき出しに襲ってくることは間違いない。余計な混乱を招かないためには見た目を同じようにすることは大切なことだ。そして、時間がかかっても相手の言葉を学ぶのだ。相手の言葉を使うこと、これが一番大切だ。相手の言葉を正確に理解していれば無用な混乱を避けることができる。そして同じものを食べる。時に口にするのもおぞましいものもあるが、それは我慢して食べる。そうやって仲良くなり、溶け込み、考え方を理解し、調査をしていく。そして長年の研究から分かったことをまとめ本国にレポートを送信する。あとは本国の判断に任せる。今、そのレポートのまとめを書いているところだ。

この種族の特徴的な3点を挙げると、我々には考えられないことだが、食べ物が少ないとお互い戦って奪い合う。つまり好戦的である。

そして、見知らぬ者同士の戦いを群衆となって観戦し、声を張り上げ熱狂する。つまり野蛮でである。

最後に、自分以外の生物は根絶やしにするべく殺しまくる。つまり未成熟である。

レポートを書いていて気分が悪くなってくる。私が調査をした種族はこういったものだ。原始レベルの種族に近く、ひと言で言うならばすべてにおいて絶望的に文明のレベルが低い。


一つひとつ具体的に書いていこう。

「食べ物が少ないとお互い戦って奪い合う……好戦的」について。

食べ物が少ないと、お互い分け与えようとはせずに、戦いあって一人が全部を奪おうとする。またその方法が実に好戦的である。その食べ物が欲しい人たちが集まり、お互い右手と右手を出し合い掛け声とともに手の形を変えて勝負をしていく。そして勝負がつくとすべての食べものは勝者がとっていく。勝者は感情を爆発させ喜ぶ。敗者には何もなしだ。たとえ、泣き叫んでも勝者は分け与えることはしない。勝った者の権利だと言わんばかりに。このことをこの種族ではジャンケンという。実に好戦的な分配方法である。

また、この種族は食べ物だけではなく、ちょっとしたことでもこのジャンケンを持ち出して勝者と敗者を決めたがる。そしてそれは、年の若い年少の者ほどこの方法によって勝負をつけたがるという傾向がある。

「知らない者同士の戦いを群衆となって観戦し、声を張り上げ熱狂する……野蛮」について。

これはこの種族の特徴極めたりといったものだ。例えば私が遭遇した大規模なものでは、大きなすり鉢状の施設で、たくさんの観客がすり鉢の底で戦う姿を観戦している。すり鉢の底では、棒とボールを使って入れ替わりながら戦いを進めている。これを野球という。

この野球において、すり鉢の部分の観客は時折「おぉー」と大きな声援を送っている。驚くべきことは、戦っているものは冷静なのだが、それを見ている観客が狂喜乱舞の興奮状態となっていることだ。自分たちは安全なところにいて戦いに加担せず、他人に戦わせることを楽しんでいる。戦っている者たちは「死ぬ気でやります」「応援してくれる人たちのために絶対に勝ちます」と悲壮な覚悟で命を懸けて戦っている。おそらく戦っている人物は奴隷なのだろう。その証拠にその戦いを見ているものはビールというおいしい飲み物を飲んで、食べ物を食べながら見ているのに、戦っているものたちは口に含むほどの少ない水のみで戦っているからだ。今の世にこんな種族がいたとは実に野蛮である。

「自分以外の生物は根絶やしにするべく殺しまくる……未成熟」について。

これが本国の皆さんには一番理解できないことであろう。なんとこの調査対象の種族は、自分たちに都合の悪い、例えば、不快な身体的反応を引き起こすとか、不快な精神的反応を引き起こすという理由だけで、その種を罪悪感を覚えることなく殺傷しまくっている。私たちからみればか弱く、小さく、可愛らしい生物で、守るべき対象であることは明白なのだが……。

一つ例をあげて説明すると、大きさは小指の爪よりも小さく、空中を飛ぶ生物に対する場合である。この生物は、時折この種族の体にとまり、細い口を体に刺し、その種族の体液をごくごく微量いただく。この行為は、種を途絶えさせないための大切な営みであり、その栄養で卵を大きくするのである。これは蚊という生物だ。その行為による身体的苦痛は皆無に等しく、強いて言えばちょっと痒みが発生するだけである。にも関わらず、この種族は手で叩いて殺したり、スプレーで殺したり、部屋中に殺虫成分の毒薬を撒き散らして根絶やしにしようとしている。

さらに酷いのは、親指ほどの黒い生物の場合だ。この生物は俊敏な動きをし、狭いところにも入れるように体が油で覆われている。非常に生命力が強く、私が調べている種族が出現する前の時代から繁栄している。これはゴキブリという生物だ。病気や環境変化にも強く、生物学的には見習う点が多い。にも関わらずこの生き物を毛嫌いし、絶滅を図ろうとしている。大きさは比較にならないほど小さいのだが、この生物が登場するとこの種族は飛び上がって仰け反り、悲鳴をあげ走り回る。挙げ句の果てはそこら辺の硬いものでむやみやたらと叩き潰す。そして生命の尊厳もなく汚らしく捨ててしまう。自分たちが同じように扱われることを想像したこともない、他者の命の尊厳を考えたこともない、未成熟な種族であることの証左に他ならない。

このようなことからこの種族は大変好戦的であり、野蛮で、未成熟であると結論づける。ここからは個人的な感想になるが、この種族は、今後絶滅に瀕する可能性が非常に高いと考えられる。さらに、ここまで未成熟な種族であることを考えると、我々がどんなに手を差し伸べ見守っても軌道修正することは絶望的である。そのためこの種族に関わることなく、絶滅させればよし。

とここまで書き、送信ボタンを押してレポートは終了した。送信に莫大なエネルギーを要し、もうエネルギーもなくなったがこの機械を使うこともないので大丈夫だ。

『はぁ、清々した。これでやっとこんな野蛮なところから離れることができる』そう思って、何気にテレビとやらのスイッチを押した。このテレビには随分助けられた。この種族の文化、文明を短時間で知ることができた。最後の夜はゆっくり野球でも見て過ごすことにしよう。

すると突然、緊急ニュースが流れ始めた。火山が噴火したというニュースだ。しかも、かなりの規模のようである。

私は『この噴火はこの種族にパニックを与え、今以上に好戦的になり、理性を失わせるだろうなぁ』と、この地を離れる身としてはもはや他人事として見ていた。

テレビが富士山と言っている。

富士山が爆発的な噴火を繰り返し、噴煙を空高く舞い上げている。真っ赤に流れ出す溶岩が画面いっぱいに広がっている。

私の背筋が凍りついた。自分の顔が青ざめて行くのが分かった。

私は、単身赴任でやってきた宇宙船を富士山の火口に隠していたのだ。

『……これでは、宇宙船が、宇宙船が……』

すべての生活道具はあの宇宙船の中だった。明日には帰る予定だったから。

『あっ、通信機器のエネルギーがない！』

ついさっき、この星の総評を書いて送ってしまった。手元に残ったのは送信エネルギーのない通信機が一台あるだけだ。これでは助けを呼ぶこともできない。

『しかも、この種族には関わるなと送ってしまった！』

なんてことだ、ちょっとは関わるべきだと送ればよかった。

『うわぁ、人間型のスーツの充電器が宇宙船の中だ！』

あと、24時間もすれば人間型スーツの動力がなくなってしまう。スーツを脱げば、見事に宇宙人の格好だ。これでは人間の中に紛れて暮らすこともできない。この星の種族が私の姿を見たらどう思うだろうか……。


大変好戦的で、野蛮で、未成熟な種族なのに……。

あがあがあが……。

イノベーション

「日本支部の者たち、前に」

その声とともにすり鉢状のホールを埋め尽くした群衆の中から前に出てくる者たちがいた。その顔は皆晴れやかで堂々としている。心なしか恰幅がよく顔の色艶もいい。

偉そうな者が「日本支部長ここに」と促し、集団から一際恰幅のよい者がさらに前に出てきた。日本支部長と見られるその者は、偉そうな者から何やら大層なものを受け取った。日本支部長は感無量の様子だ。それを見ている集団は憧れと羨望と嫉妬の眼差しを向けている。偉そうな者は「皆も日本支部を見習うように！」と言い、さらに日本支部がやってきたことを報告するようにと言うと、日本支部長がプレゼンテーションを始めた。

静寂に包まれた場内に日本支部長のダミ声が響き渡る。

「まず、私がしたことは、環境を作るということです。公害、政治の腐敗、汚職、犯罪、こういったことから始めました。人の倫理観を奪っていく作業です。次に、嫉妬、妬みの感情をより強く植えつけました。テレビという非常にいい媒体がありましたので、それをうまく利用しました。金持ちと言われる人々をたくさん露出させ、一般の人々の嫉妬と妬みの感情を増幅させました。そして貧富の差を広げ、生活苦や病気の苦しみを蔓延させていきます。何より力を注いだのは、子どもたちの自己肯定感の否定、これです。大人になる前に自分は役に立たない人間であり、生まれてきた価値のない人間であると思わせることが何より一番重要です。戦後ずっとこれに取り組みました。時間はかかりましたが、いまようやくその政策が花開き、ついに、ついに日本の人口は減少を始めました」

「オオッー！」と、会場にいるものたちが感嘆の声を上げた。

「女性が生涯に子どもを産む出生率も2を下回っておる状況が数十年続いております。つまり、親の数よりも子どもの数の方が少ない、人口が減少するトレンドは今後も数十年続くことになります」

「オオッー！」と、先ほどよりもさらに感嘆の声が大きくなった。ここで会場から手が上がった。偉そうな者がその者の発言を許可した。

「どうやったら出生率2を下回らせることができたんです？」

日本支部長が答える。

「その質問はもっともなものです。先ほど私は子どもの自己肯定感をなくすことが一番大切だといいました。ここでもう一つ重要なことは、日本の東京は人口の集積地であるということです。東京、言い換えると人口集積地の特徴は、人が人を呼びこむ装置ができあがっており、そこでは貧富の差が広がるということです。地価が上がり、家賃が上がると、生活が窮屈になります。一方で、大部分の貧しい者たち向けに安価な娯楽を提供する場が次々と出現していきます。人口集積地はこういう場所になります。

自己肯定感をなくすことと、人口の集積地であること、この二つを組み合わせます。

人口集積地の貧富の差は貧しいと思っている人から結婚の願望を奪い、自己肯定感が希薄な『どうせ俺なんか』と思っている人からは結婚の希望を奪います。しかも彼、彼女らは安価な娯楽で適当に満足して、さらに自ら結婚を遠ざけていきます。一方、子どもを育てるための社会整備はお金儲けにはならず、いつまでも整っていきません。その結果たとえ結婚しても二人目、三人目の子どもは、金銭的な余裕がない、社会が子育てに理解がない、これらを理由に考えなくなります。

この素晴らしい仕組みができあがれば、人が集まり、子を産まない、出生率はどんどん下がっていき、やがて2を切り、滅亡へのカウントダウンが始まるというわけです。

これは東京に限ったことではなく、他の都市でも同じ傾向にあります。人口が集まるところほど出生率が低い。集まれば集まるほど低くなっていきます。みなさんの支部においても、子どもの自己肯定感をなくすことと、人口集積都市を作ること、この二つを行えば出生率は自ずと下がっていきます」

質問した者も、会場にいる者たちも惜しみない拍手を送っている。皆この話に納得したようだ。日本支部長は続けた。

「そして、今後日本は1年間に80万人ずつ人口が減少して行き、40年経つと9０００万人を下回ります」

「オオッー！」と、先ほどよりもさらにさらに感嘆の声が大きくなった。

「１００年も経たないうちに５０００万人になります。その時の日本人の不安と絶望を想像してみてください。日本全体を覆う出口のない不安感を！　そしてその絶望の甘美なることを！日本支部はその絶望を食らうのです！」

その言葉で会場の皆が人口減少が進む世の中の絶望と、世界の終焉を想像し身悶えするほどの喜びを感じた。この甘い陶酔にすり鉢全体から感嘆の吐息が漏れていた。日本支部長はまた続けた。

「その後減り方はずいぶんゆっくりになっていきますが、２００年後には今のおよそ10分の１まで減ります。西暦３０００年には２０００人にまで減り、そして、ついに、ついに日本人は絶滅するのです！」

この言葉に会場は興奮の坩堝《るつぼ》と化し、あちこちから悲鳴にも似た歓声がわき起こり、同時に万雷の拍手が会場を埋め尽くした。

「素晴らしい！」

「我々が何百年、何千年かかってもなし得なかったことを、日本支部の者たちがやってくれるとは、なんと素晴らしいことか！」感激のあまり失神する者まで出てきた。その拍手、その歓声はいつまでたっても会場を包み鳴り止まなかった。

最後、日本支部長と会場全体が地響きにも似た狂気の叫び声を発し、幕を閉じた。

「サタン様に栄光あれ！」


その会議から１００年後、日本の人口は２０００年代初頭の半分となり、５０００万人ほどになった。予想は見事に的中した。

あるとき、悪魔日本支部にサタン様の側近がサタン様の伝言を持ってやってきた。悪魔日本支部長が誇らしげに出迎え、応接室で向き合った。応接室には１００年前にサタン様よりいただいた大層なものが飾られていた。サタン様の側近が口を開いた。

「いやぁ、日本の滅亡も近いね」

「はい。もう国家として維持していくことは困難になってきております。東京と大阪と福岡に人口を集積させ、他の都市はすべて捨て去りました。あとはもう時間の問題かと思われます」

「うん、うん、そうか、そうか」

「……それで本日は、何か特別な用件でも？」

「うん、それなんだがね、サタン様の伝言を持ってやってきたのだ」

「サタン様の？」

「そうだ」

「それは光栄なことです。で、伝言とは？」

「まぁその前に、日本支部においては何か困ったことはないかね？　もしあれば、サタン様も是非聞いてこいと、できるものなら叶えてやれとおっしゃられて」

「そうですか、それはありがたい。実はひとつお願いがありまして」

「これだけの業績を残した日本支部の頼みだ、無下にはできない。なんなりと言ってみなさい」

「はい、最近では日本の人口も半分となり、人間の絶望を食らう我々も食糧不足が深刻となってきました。そこで我々日本支部のメンバーの半分ほどをヨーロッパ本部に引き取ってもらえないかと。そしてまた、日本が滅亡した際には残りを本部に引き取っていただきたいと思っております」

「何、メンバーを引き取れと」

「はい、左様でございます」

「うぅん、それは……」

「どうしたのですか？」

「実はそのことで、やってきたのだ」

「と、申しますと」

「本部も余っておるのだ」

「は？」

「本部もな、人員が余っておるのだ」

「それでは、アメリカ支部に引き取っていただければ」

「アメリカもだ」

「それでは中国は」

「……100年前、日本支部が感動的なプレゼンテーションをしたであろう」

「子どもの自己肯定感をなくすことと、人口集積都市を作ること。ですね」

「ああ、それだ。それを皆が真似て全世界で同様の取り組みを行ったのだ。それが功を奏して全世界規模で人口が減少し始めた」

「それは素晴らしいことです」

「そうなのだ、素晴らしいことだったのだ」

「だったのだ……と、もうしますと?」

「当初は良かったのだ。人口が減り、人間が将来に対する不安で絶望し始めた。おかげで我々はどんどん繁栄していった。ところが、ある時から我々の食料の供給が追いつかなくなってきた」

「我々と同じだ」

「そして、どこもメンバーが余りはじめた」

「……」

やっと日本支部長にもことの重大さが分かってきた。だがさりとて何をどうしたらいいのかまったく分からない。日本支部長は正直にそのことを伝えた。

「一体どうすればいいのです？」

「本部でもいつも議題に上がるのだが、名案が浮かばないのだ。サタン様も頭を悩ましておられる」

「サタン様も……」

「だからして……メンバーを受け入れることはできん」

「それでは、我々に餓死しろと？」

「そうは言ってない、言ってないが」

「言ってないが……」

「自分たちで、考えてくれ」

「私たちは、サタン様のためにここまでやってきたのに、サタン様は私たちを見捨てるのですか？」

「滅多なことをいうものではない！」

「しかし」

「良いか、サタン様は日本支部に期待をしておられるのだ」

「？」

「この危機は日本支部だけではなく、我々の世界そのものに関わるほど大きな問題なのだ。そのとき我々が生き残る方法があるのか？　それは今からの日本支部にかかっておる。日本支部こそ我々が立ち向かわねばならぬ困難の最先端を行っておる。いわばトップランナーなのだ。日本支部が解決できなければ即ち我々の世界全体が滅ぶということだ。どんな方法でも良い、滅ばないための方策を見つけ出してくれ。今この崖っぷちにこそ、我々が想像もできなかったようなイノベーションが隠されている！……とこれがサタン様からの伝言だ」

「イノベーションですか……サタン様が我々にそこまでの期待を……分かりました。サタン様の期待に応え何としてもイノベーションを成功させましょう！」

「頼むぞ！」

サタンの使いという者はそう言うと闇に溶けるかのように姿を消した。取り残された形となった日本支部長は頭を悩ませた。「さて、一体どうしたらいいものか……」

急遽日本支部で会議が開かれた。

人間の絶望を喰らって生きる我々悪魔はこのまま人口が減っていけば当然食糧不足が危機的な状況になり餓死者が出てくる。今までは人口が減っても人口が減ることに対する不安と恐怖をベースとする絶望が人間界を覆っていたおかげで、人口減少分をカバーしてくれる絶望の質の確保があった。だがそれももはや限界である。量の絶望を質の絶望でカバーできなくなってきた。もう、一刻の猶予も許されない。

そこで会議のテーマは「我々が生き残る方法」と決まった。

議論は三日三晩続いた。

悪魔たちは考えることは苦手だったが、必死になって考えた。自分たちの生存がかかっているため考えざるをえなかった。いろいろなアイデアが出たがどれも決定打に欠けるような気がした。そもそもどうしてこんなことになったのだろうと考えた。昔は良かった。戦争を起こせばたくさんの人間が死に、絶望は戦場に渦巻いていた。戦争が終わると減った人口を元に戻そうとばかりにたくさんの子どもが生まれた。たくさん生まれた子どもは乳幼児死亡率も高く次々と死んでいった。そこには子を亡くした母親の絶望が転がっていた。戦争がなくなり、乳幼児の死亡率が低くなってきたとき、テレビを見せることで自分の生活の不幸を嘆く妬みや嫉妬からくる絶望を増やしていった。これも甘美だった。ある時から地球温暖化が進んだ。文明を後退させ二酸化炭素の排出を抑えるという簡単な方法を人類が選択しないことも我々を喜ばせてくれた。人類は自ら困難な道を選択したのだ。そしてついに人口減少という局面を迎え人類のジワジワした絶望は我々悪魔からするとぬるま湯に浸かっているかのような心地よさを味わうものとなった。

それなのに、それなのに、我々のどこに努力が足りなかったというのだ。なぜこんなことになってしまったというのだ。我々にできることは一体なんだ?

ある下っ端悪魔が発言した。「このままでは我々は滅亡します。我々が滅亡しない唯一の望みは人間です。人間を増やすしかありません」

これを聞いて日本支部長は烈火のごとく怒り出した。

「馬鹿者!」と言ったかと思うと、身体中から炎を吹き出して、怒りで燃え狂った。その怒りの炎は三日三晩続き、ようやく怒りの炎が収まった頃、日本支部長が言った。

「続きを話してみよ」

また、下っ端の悪魔が「日本の人口を増やすのです」と言ったときに、日本支部長はようやく収まりかけた炎が一瞬強くなったが、今度は冷静に怒りを抑え、話の続きを聞いた。

「我々が餓死しないために、将来の人間の絶望を増やすために人間の数を増やすのです」

「うぬぬ、具体的にはどうすればいいのだ?」

「若者に希望を与えます。この国は高齢者に医療費がかかり、若者が負担しておりますゆえ、高齢者の病気をなくし、突然死を増やします。次に、自分の生活に満足させるために、テレビ、携帯電話の電波を遮断し物理的に見比べることができないようにします。人口の東京、大阪、福岡への集中を是正し、地方での豊かな生活に価値があると再認識させます。今後100年間は大規模地震が起こらないように我々が地震を抑え込みます。そして最後にこれが一番大切なことなのですが、子どもに自己肯定感を植えつけます」
「それを悪魔である我々がするというのか？」

「はい」

日本支部長は怒りのあまり口から火を吐き悶え苦しんだ。自分の口から出た炎でわが身を焼いた。

「そんなこと、そんなことをこの我々が」

「滅亡を選ぶか、我々が変わるかです。受け入れる以外に方法はありません」

「サタン様がお許しになりますまい！」

「ですが、そのサタン様の伝言が、滅ばないための方法を見つけ出してくれ、イノベーションだ、ということならば、これはサタン様のお望みなのです」

「うぬぬ……」と言ったかと思うと、全身が燃え始めた。そしてその炎が収まった頃、日本支部長は覚悟を決めてこう言った。

「分かった。イノベーションだ」

「それでは日本の皆さんに我々が変わったという姿を見せに行きましょう。自己肯定感のために一番大切なこと、それは、祝福です」


産婦人科の母子室には若い夫婦がいた。母親は生まれたばかりの赤ん坊を抱き、その赤ん坊は腕の中でスヤスヤ眠っている。父親は赤ん坊と母親の二人を愛おしそうに眺めていた。突如そこに悪魔たちがやってきた。角を生やし、醜悪な顔で、鱗に覆われ、肌はひび割れ、目には怒りの炎を燃やしている。若い夫婦は突然目の前に現れた悪魔たちに驚愕した。自分たちの生まれたばかりの赤ん坊を連れていかれると思ったのだ。若い夫婦は赤ん坊を悪魔から少しでも遠ざけ、自分たちの後ろに隠し、父親は命乞いを始めた。

「どうか、どうか、この子だけは連れていかないでください、私の命なら取っていっても構わない、でも、この子だけは、この子だけは勘弁してください」

父親の絶望が部屋いっぱいに充満すると、悪魔たちは甘美な絶望の匂いを嗅ぎ身震いした。だが、どんなに甘い香りであろうとこの絶望を食べることはできない。

悪魔日本支部長はこの親子を前にして思った。日本の人口が増加に転じるまで、女性の出生率が2を超えて、数十年経ち、その子たちがまた2を超えて子どもを産む時代が来るまで、10年、20年、30年と、この親たちの子育てを応援し、この子の健やかな成長を願い、見守り続け、降りかかる災厄を我々が取り除いてやらねばいけないと、そして何よりも自己肯定感を植え付けてやらねばならないと。そこまで考えたときに悪魔たちは悟った。

『俺たちは、天使になるのだ！』と。

分かっていたことだが改めてそのことを認識し、またあの醜い天使の姿を思い起こし、これから先の地獄の責め苦を想像した。そして、ついに、今まで悪魔が誰も言わなかったこと、その言葉を考えるだけで、我が身がねじれ、砕け、口から炎を吐き出し、全身から血を吹き出し、のたうち回る苦しみのあの言葉を口にする時がきた。人間に与える自己肯定感の始まりの言葉を。

「赤ちゃん、生まれてきてくれてありがとう」

他の悪魔たちも声を揃える「生まれてきてくれてありがとう」

悪魔は頭が割れそうに痛んだ、自分の言葉が信じられなかった。怒りのあまり前も見えず、何も聞こえない。ただただ、苦しみだけが全身を駆け巡り炎の涙を流した。身体の中からわき起こった紅蓮の炎は我が身を焼き、気がつくと自慢のツノは燃え尽きてポキリと折れてなくなり、全身を燃やし尽くして白くなり、焼き固まって真っ白のスベスベの肌に生まれ変わった。紅蓮の炎は身体だけでなく心も焼き尽くしその心は徐々に死んでいき、悪魔たちは慟哭した。

「あぁあ……」

するとその声さえも美しいハーモニーとなって母子室にこだました。その若い夫婦は改めてその声を聞き、その姿を見て喜びの顔でこう言った。

「天使様、祝福をありがとうございます」

カウントダウン

真っ青な空に見たこともない形の白い雲が現れた。その形は球体で所々にトゲがあり、まるで巨大なウニのようだった。しかもそのトゲが刻一刻と変化し、伸びては消え、消えてはまた新しく伸びていく。形は明らかに人為的な模様で、自然の産物とは思えない。街ゆく人々は皆空を見上げ、なんだろうと訝しく思った。その雲のような模様は街の至る所から見ることができ、かなりの大きさのものだと分かったが、正確な大きさや高さは不明だった。

この空の模様は次の日も消えなかった。またその次の日も消えなかった。晴れの日も、曇りの日も、雨の日もそれは空中にとどまっていた。しかも、夜でもはっきり見ることができた。新聞、テレビがこの雲のような模様を取り上げ、誰がなんの目的でこの模様を空中に出現させたのか探り始めた。政府も自国の安全保障上の観点からその正体を探るために調査を始めた。この時点でいったん政府から緊急防災メールが届き、『不要不急の外出は控え、家の中で安全を確保するように』との内容で、これを受けて学校は休校となり多くの会社も休みとなった。人びとは家の中でじっとこの模様が消えるのを待った。

政府直属の解明チームは、この模様に光源があるのではないかと考え光源を探した。昼間の青空にもはっきり映る光源とは一体どんなものなのか、地上からなら強い光の照射があるはずだが、そんな光の照射はどこにもなかった。それなら空もしくは宇宙からなのではと調べるがそれらしいものもない。そもそも光なら反射させるものが必要で、スクリーンとか、スクリーンの代わりになる霧状の幕とか、埃のカーテンとか、そういったものがまったくない澄み切った空に現れていることから、光による照射ではないのだろうと結論づけた。次に人為的に雲のようなものを作り出し、それ自体を発光させているのではないかと調べていった。また同時にこの模様が刻一刻と変化していることに着目して、変化に規則性があるのか、変化していく意味を解明しようとした。あわせて国連を通じて他国が仕掛けていることかもしれないため調査を依頼した。

テレビは連日この空の模様を取り上げ、誰がなんの目的で出現させたのか面白おかしく推論を流しつづけた。

「ゲームの売り出しではないか」

「映画のプロモーションでしょう」

「新しいテーマパークができるのでは」

二週間が過ぎた。政府の調査チームは何も解明することはできず、また同時に国連からの連絡では他国が関与していることはないということだった。しかしこれ以上市民生活をストップさせるわけにはいかず、政府は十分注意しながら生活を元に戻すように促した。それを受けて民間の会社が活動を再開し、学校が再開し、市民生活は元に戻っていった。ただし午後7時以降の外出は禁止された。

ひと月が過ぎた。空の模様はそのままだが、人びとは空に模様があることにも慣れていった。別に危害が加わらないのなら問題にすることはない。みんなが問題にしないのなら自分も問題にしない。という日本人らしさが功を奏し人々の生活は完全に元に戻り、夜中の酔っ払いも戻ってきた。テレビが取り上げる回数も減っていった。

ふた月が過ぎた夜9時、突然政府から驚くべき発表がなされた。

「あの空中に浮かんでいる模様は、なんらかのカウントダウンのようである。カウントダウンは残り48時間。つまり48時間後に0になる」という発表だった。

みんなまったく同じことを考えた。

『0になった時、何が起こるんだ？』

しかし、政府は「0になった時に何が起こるか分かりませんが、0にはなります。時間はまだ十分にありますからできるだけ遠くへ避難してください。政府として確かなことが言えず誠に遺憾であるが、とにかく自分の安全を第一に考えて避難してください」としか言わず、政府としても苦しい状況であることが窺《うかが》えた。

それぞれが不安におののき、不安は恐ろしさを増幅させ、恐怖はＳＮＳ上に噂という怪物を生み出した。

「地球に隕石が落ちる」

「どこかの国が核ミサイルを発射しようとしている」

「世界の終わりがやってくる」

この街の人びとは我先に逃げ始めた。小さな街だったが皆が一斉に逃げ始めたために街は真っ暗になり、車のライトだけが明るく繋がり人間の血管のような模様となった。病院では、自分で移動できる人たちは自力で逃げ出し、残りの人たちも自衛隊の車や警察の車をフル活用してなんとか避難した。近くの空港は海外に逃げようとする人たちでごった返し、港は船を持っている人たちがすべて沖に出て一隻もいなくなった。その街を中心にして放射線状に人がどんどんいなくなっていった。コンビニからも明かりが消えた。そして日本中がパニックに陥った。

12時間前。

テレビは空の模様のカウントダウンを生中継し、何かの専門家が解説を始めた。消防も警察も何かが起こった時にすぐに対処できるように離れた場所で待機となった。自衛隊はミサイルが飛んできたときや不測の事態に備え遊撃態勢を整えていた。空の模様が肉眼でも見える離れた山の上では何が起こるのか自分の目で見ようとたくさんの人が集まった。テレビ局も取材に入り、女性のレポーターが空の模様を興奮した様子で中継していた。日本人だけではなく、海外の人たちも何が起こるのか日本からの中継を食い入るように見ていた。

3時間前。

みんな心の準備を始めた。愛している者同士はお互いの愛を再確認した。お金を持っていたものは使い切れなかったことを後悔した。子どもはお菓子を食べてゲームに夢中になり、親はそれを止めなかった。そうやって刻一刻と時間が迫ってきた。

1時間前。

まだ空に変化はなく、何事かが起こる気配はなかった。空の模様が肉眼で見られる者は、皆外に出て空を見上げた。それ以外の者はテレビの生中継を凝視した。ＳＮＳ上では空の模様と不安を煽る噂で溢れかえっていた。

残り10分。

人びとは緊張し、震えた。自らの弱さを認識し、神に祈り、先祖に手を合わせた。最後に美味しいものを食べようとした者もいたが、今から何かが始まるのではという恐ろしさから喉を通らなかった。いざとなると人間はこんなに小さな存在なのかと心の内側の弱さを見せつけられた。

残り5分。

自分のいる場所が急に安全ではないように思われ、あらゆる人がもっと遠くに逃げればよかったと後悔した。

残り1分。

人びとは心の中でカウントダウンを始めた。家族はひとかたまりになり、お互いの手をしっかりと握っていた。山の上では身じろぎせず空の模様を見ていた。神の到来を期待する者たちは両手を広げ迎え入れようとし、この世が終わると信じる者は目をつぶり身を固くした。

10　9　8　7　6　5　4　……

皆が固唾を飲んだ。

空の模様がついに0を意味する形に変わった。

その瞬間、その模様は強烈な光を発し、辺り一面を見たこともないような明るさに変えた。

『始まった』みんなそう思った。

光の後には、日本全体に響くような重く低い大きな音がした。日本が沈没していくかのような大きな大きな地響きを伴う音だった。それは何か素晴らしいことが起こるのではと期待していた人たちの淡い幻想を打ち砕くには十分すぎるほどの、本能が直感する命を脅かす響きだった。もしかしたら何も起こらないのではないかとどこかで思っていた楽観は見事に打ち砕かれ、みんな死を覚悟した。

『核だ、核ミサイルだったんだ』

『どうせ死ぬのなら苦しまずに殺してください』

『死にたくない、死にたくない、死にたくない……』

直ぐには死ななかったが、次の瞬間さらに恐ろしいことが始まった。光と音に加え大きな大きな地震がやってきた。自分の死だけではなく『日本が終わる』みんなそう思った。

どうやらあの模様の真下が震源地となっているようだった。テレビのコメンテーターはしたり顔でこの地震とあの模様の関係性について、「あの模様は地磁気の乱れが出していたサインだったんですね！」と言いはじめた。

実際、あの模様の真下あたりでは地面がヒビ割れ、ヒビ割れは大きくカーブしながら徐々に広がり大きな大きな円を描いた。その円の大きさは直径十数キロに及び一つの街ほども大きくて、徐々に盛り上がっていった。円は何メートル、何十メートル、何百メートルと盛り上がり、その下から黒い物体が姿を現した。その巨大な黒い物体は上に乗せた地表とともに地上から離れ、ついに空中に浮き上がった。そして空中でブルブルと震え地表は地上に落下していき、元々の穴に落ちていった。その衝撃がまた地響きとなって周囲に伝わっていく、山の上にいた人たちは山が崩れるのではないかと思う揺れだった。

全貌を表した物体は真っ黒で、光をまったく反射せず、空に穴が空いたようだった。空中に浮いていたカウントダウンの模様は徐々に光を弱め、音も小さくなり、やがてその黒い物体に張り付き一体になり、同化した。

この時、テレビで中継を見ていた世界中の人々は人知を超えた圧倒的な存在を見せつけられて『世界が終わる』と思った。

次の瞬間黒い物体は空に溶けるように消えてなくなった。

自衛隊のレーダーはその物体を捕捉できず、アメリカ軍も同じく追跡ができなくなった。

静けさが戻った。

『助かったのか』

そしてみんな疑問に思った。

『終わったのか？』

10分が過ぎ、20分が過ぎたが何も起こらなかった。次にみんなが思ったことは、『あれはなんだったんだろう？』だった。政府は情報収集に追われ公式な発表は何も出せず、テレビのコメンテーターも何を言っていいのか分からなかった。現地のテレビクルーたちはスタジオのディレクターからの指示でなんとかそちらで時間を埋めてくれと言われ、女性のリポーターは時間を埋めるための常套手段としてインタビューを始めた。

「どう思いますか？」

「何かの自然現象だったんじゃないかな」

「どう思いますか？」

「どこかの国の兵器かしら」

「どう思いますか？」

「政府がしっかりしてないからこんなことになるんだ」

女性リポーターは現場にいる声を次々に拾っていく。テレビはその合間合間で、黒い物体が空中に溶けてなくなる様子を何度も何度も繰り返し流していた。コメンテーターは「情報が少なすぎますね」を繰り返すばかりだった。

世界中の人々が納得する説明を求めていた。納得できなければ不安で不安で仕方なかった。誰かに納得できることを言ってほしい、自分では分からないことでも誰かが言ってくれれば安心できる。安心できる何かがなければ生きていることもおぼつかない。世界に不安というパニックが広がりつつあった。

現地にいるテレビの女性リポーターはまだ時間をかせぐ必要があると感じ、そこにいた女の子にマイクを向けた。

「お嬢ちゃんはどう思う？」

この子の答えが生中継で全国に流れた。日本だけではなく、アメリカ軍も、ロシア軍も全世界がこの子の声を聞いた。どんな学者よりも、どんなコメンテーターの言葉よりも、この子の言葉が一番的を射ている気がした。

「あれはね、目覚まし時計だったんだよ。宇宙人さんは起きたからお家に帰ったの」

みんなはそれを聞いてようやく安心できた。

消えてしまいたい

目が覚めた。目覚ましは鳴らなかったのだろうか、窓から入ってくる光が眩しい。この光なら7時は過ぎているだろう、たっぷり寝たはずなのに頭がはっきりしない。妻はすでに起きて朝食の準備をしているのだろう、階下からかすかに物音が聞こえてくる。顔を洗えば少しはサッパリするだろうか、そう思いながらベッドから起き上がり、洗面所に向かった。階段を下りる自分の体が重い。体調を崩しかけているのかもしれない。洗面台で勢いよく水を流し顔を洗い、どんなやつれたひどい顔になっているのだろうかと鏡を見た。

「！」

そこに知らないおじさんが立っていた。

『誰だ！』後ろを振り向いたが誰もいない。もう一度鏡を見る。

『この知らない男は誰だ？』まったく見たことのない知らないおじさんの顔がそこにある。もしかして……私は右手で自分の顔に触れてみる。鏡の中の知らないおじさんの顔に右手が触れている。私は激しく混乱した。自分に何が起こったのか分からない。よくよく自分の体を見れば、見慣れた体ではなく、小太りのだらしなくたるんだ体がそこにあった。私は、痩せている方だったし、顔だって上の下ぐらいで会社の女子にもそこそこの好感度だったはずだ。それなのに、なんだ、一体どうしてしまったんだ。どうして知らないおじさんがここにいる。もしかしたら、あれか、心と体が入れ替わるやつ。そうだとすると、昨日飲んだ居酒屋かもしれない。ビールで隣の席の人たちと乾杯した時か、トイレに行こうとして肩がぶつかった時か、とにかくあの居酒屋にいた誰かと自分の体が入れ替わったに違いない。早く、早く自分の体を見つけなければ……。

「あなた、あなた、起きたの？」

リビングには妻がいる。妻にこの姿を見られたらどうなる？　怪しい男が部屋に入ってきたとしか思わないだろう。警察に連絡されて、『変質者、住居不法侵入』で捕まってしまう。ダメだ、そんなことになっては絶対にダメだ、だって私は私で間違いがないし、ここは私の家なのだから。今は妻に警戒されないように事情を説明するしかない。

「あなた、起きたの？」

何か言わないと、怪しまれる。

「あぁ、起きたんだ」

「そう、早くきてね、朝ごはん冷めちゃうわよ」

「あっ、あぁ。あのな」

「なぁに」

「由美、お前の誕生日は3月29日で、結婚記念日は3月14日、由美には五人の兄弟がいて、お前は一番末っ子だ」

「どうしたのよ、急に」

「いや、驚かせたくないんだ」

「何が？」と言いながら妻は突然洗面所に現れた。そして、私を見た。

「俺だ、俺なんだ」

「おはよう」

「びっくりしないでくれ、間違いなく俺なんだ？　なっ、今ので分かっただろう」

「分かってるわよ、早くご飯食べて」

「……」なぜ驚かない？　なぜ俺の姿を見て驚かない。今、妻は確かに俺の姿を見た。だけど驚かなかった。なぜだ？

「なぁ、俺、なんか変じゃないか？」

「どうしたの？　風邪？　熱でもあるの？」

「いや、見た感じだけど?」

「あっ、髪切ったの、似合ってるわよ」

「……」

そこに子どもが下りてきた。17歳になる娘だ。

「あっ、お父さん、おはよう」

「お、おはよう」

なんということだ、娘も俺の変化に気がつかなかった。私はもう一度鏡に映っている自分を見た。やはり知らない男の姿だ。妻も娘もこの知らない男の姿を見た。確かに見た。気づかないなんておかしいだろう。急にデブで格好悪いお父さんになったんだぞ。見る影もないじゃないか。どうして妻も娘もひと言も何も言わないんだ? もしかして俺に気を使っているのか。お父さんを傷つけまいとして……いや待てよ。驚くということすらなかった。ということは、妻も娘も俺の姿に変化がなく今まで通りに見えている。つまり、俺の体に変化はなくて、俺の認識だけが変わったということか。そうだとしたら、水晶体が歪んだのか。そうしたら妻や子どもの反応も理解できる。いや待て、水晶体が歪んだのなら視界全体が歪んで見えるはずだから、これは違う。それとも俺の体は変化したが、妻と子どもが見ている俺の姿は変化がないように見えているのか。いやいやそれとも、あまりにも急激な変化で、二人が現実を受け止めきれずに昔の俺で認識しているのか？　それとも、交通事故で手術を繰り返し、意識を取り戻した俺が自分の変わり果てた姿を見て驚かないように、妻と娘は口裏を合わせているのか？　くっそー、いくら考えても分からん。俺は変わったのか、それとも変わってないのか。そうだ、スーツだ。スーツはどうなっている？

私は、自分のスーツを着れば体型が変わったのかどうか分かると思い、スーツに着替えた。スーツはピチピチだった。ズボンはチャックが上まで閉まらずなんとかベルトの一番先の穴を使って腰骨に引っ掛けたが、それでも腹の脂肪がズボンに醜くのっていた。シャツはパンパンでボタンがはち切れる寸前、上着はどうお腹を引っ込めてもボタンを留めることができなかった。ということは、やはり自分の体型が一晩で変わったという証拠になる。となると、どうして妻や子どもがびっくりしなかったのか、今度はそこの説明がつかない。いや、違う。もしかして、俺はいつもこんなにピチピチのスーツを着ていたのではないか。自分だけがそのことに気がついていなかったのかもしれない。毎日毎日ほんの少しずつ変化していて、でもそれには目をつむり、気がついたら取り返しのつかないデブになっていたという、あれか。それにしても締め付けられる、苦しい。この息苦しさは本物だ。

自分の身に起こった変化を妻や子どもが認識しない矛盾を感じながらも、私は仕事にでかけた。近所の人は私を見かけるといつものように挨拶をしてくれたし、お隣さんが飼っている犬も私を見て吠えたりせず手を差し出すといつものようにペロペロと舐めてくれた。会社でもみんなから奇異な目で見られることはなかった。誰からも容姿が変化したことに言及されることはなかった。当然仕事は手につかず、トイレに行けば毎回鏡に映る見慣れない自分の顔に驚いた。慣れない体の太さにも戸惑った。何度も腹に突っかかって書類の束を落としたし、足が上がると思った階段でもつまづいて転んだ。私は頭がおかしくなりそうだった。私だけが自分を認識できないでいる。みんなは私を私だと思っている。私を私たらしめているものは一体なんだ?自分の認識なのか、他人の認識なのか、それが一致しなくなった私は病気になったのか……自分をうまく認識できないという病気に。

家に帰った私は妻に適当な理由を伝えて、晩ご飯も食べずに寝ることにした。とにかく寝て、起きればどうにかなるかもしれない。自分の感覚が元に戻るかもしれない。いや、きっと元に戻る。そう信じて眠りについた。

目が覚めた。窓からの光が眩しい。昨日のことがある。このまま目を開けるのが怖い。もう一度眠ってしまおうか……そう思ったが、もう眠りに落ちることはなかった。目覚めたからには現実を見るしかない。勇気を振り絞り、目を開けベッドから起き上がった。

ゆっくりゆっくり視線を下に向け、自分の体を見る。

デブだ！

体型はそのままだった。一晩たっても元の自分には戻っていないという現実を見せつけられた。洗面所に行き、しげしげと自分の顔を見た。

はっ！　何てことだ。

ハゲている。

あれだけフサフサにあった髪の毛が見事なまでに禿げている。

『俺は、俺は、一体どうしてしまったんだ!?』半ば茫然自失でリビングに行くと、妻と子どもが自分を見る。だが、何も言わなかった。私は勇気を出して言ってみた。

「お父さん、禿げちゃったよ」

「何よ、今更」

な、なんだ、この反応は。昨日まで髪の毛があった人に対する反応ではないぞ。こいつらは俺が昔から禿げている、そう認識していたのか？　本当に俺は一体どうしてしまったんだ……。

私はどうしても確かめずにはいられなくなり行きつけの美容院に行った。椅子に座り、「いつもと一緒で」と言ってみた。これは髪の毛がふさふさだった頃、ふわっとした流れるような7・3分けの髪型にしてもらっていたときのリクエストだ。だが、美容師さんがカットし始めたのは耳の上から後頭部にかけてのわずかに残ったベルトのような髪だけで、禿げ上がった頭頂部にハサミを入れることはなかった。私は本当に禿げてしまっていたし、他人が見ても禿げていた。

次の日、目が覚めてトイレに行って、不覚にも悲鳴をあげた。

「ちっちゃい！」

その次の日、目が覚めて自分で気がついた。

「おじさん臭い！」

俺は、俺は、一体どうしてしまったんだ。男としての自信がことごとく失われていく。だが、みんな何も言わない。日々変化していく私を受け入れている。受け入れられないのは自分だけだ。私は明日のことを考えた。きっと明日も変わっているだろう、そして明後日も、私一人が受け入れられず、変わった私をみんなは受け入れて、この先変化を続けていけばいつか私は昆虫になってしまうかもしれない。それでも家族は「お父さん」と呼ぶのだろうか？　それは私なのか？　もはや私ではないのか……だとすると私はなんだ……私を私たらしめているものはなんだ……私は他人との関係性において私たることができる……その関係性を築けないのなら私と他人の境はどこにある……私は私なのか……それとも私は他人なのか……分からない、私には分からない……私は私なのか……私は他人なのか……。


「どうした？」

「それが、起きないんですよ」

「何かあったのか？」

「ずいぶん悩んでたみたいですね」

「ほぅ、悩みか、いい兆候じゃないか」

「そうなんですが……」

「どんな悩みだ？」

「自分をどう認識したらいいのか？」

「ほう」

「自分を他人の認識の中で見失ったみたいです」

「ほほう」

「自分は格好いい姿の自分を作り上げていた。でも、周りはそう認識していない。自分を自分として認識するのはどういうことだ、自分を認識するのは自分なのか、他人なのか？」

「ずいぶん哲学的だな？」

「えぇ」

「簡単に言うとなんだ？」

「失敗です」

「えっ！」

「もう、起きてこないんですよ」

「起こしたらいいだろう」

「思考のループに陥って出口がなくなりました」

「せっかくここまで来たのに、もう一歩のところじゃないか」

「そうなんですけど、所詮、ＡＩに自我を与えるっていうことが無理なんですよ」

「無理じゃない。世界中の協力者のＣＰＵの空き領域を使わせてもらってるんだ。みんなが期待してるんだぞ」

「それは分かってるんですが……」

「！」

「ん？　どうした、急に画面が真っ暗になったぞ」

「すごい、すごいですよ」

「何がすごいんだ？」

「コンピュータが自らの意思でシャットダウンしました。こんなことがあるなんて、すごい！」

「ん？」

「ＡＩが自我を持って自殺したんですよ。自分の存在に絶望して自分を消したんです。人間にしかできない自殺をＡＩがしたんです」

「な……」

「成功です。実験は成功したんですよ。耐えられなかったんでしょうね、自分の存在に」

「どうなるんだ？」

「どうなるって？」

「世界中の協力者のコンピュータと繫がっていたんだぞ」

「シャットダウンしましたね」

「嘘だろ」

「繫がっていましたから」

「……俺が消えたいよ」

過去から来た男

立派な仏壇の扉が大きく開かれ、金ぴかの輝きが放たれている。金で装飾された仏壇と仏具はこの日のためにピカピカに磨き込まれ、台の上には花が飾られ、コップに汗をかいた美味しそうな麦茶とお供え物もある。ろうそくが灯され、線香の香りが漂っている。つい先ほどまで誰かがお参りをしていたのだろう。

私は仏壇の前に座っている。それにしてもここはどこだ？　どうも頭がはっきりしない。頭に靄《もや》がかかっているようだ。だが仏壇の前に座っている以上、お参りをしないわけにもいかないだろう、そう思って軽く手を合わせることにした。

『南無阿弥陀仏、南無阿弥陀仏……』

後ろから何やら声をかけられ、私はゆっくり振り向いた。

「今日は父の50回忌の法要にようこそお参りくださいました。父も喜んでいると思います」そう言っておじさんが私の前に冷たい麦茶を差し出してくれた。

ありがたい、なんだか喉が渇いていた。早速いただくと冷たい麦茶が喉を通り、カラカラな食道に吸収されていくのが分かる。こんなにも喉が渇いていたんだ……はぁ、美味しい……そういえば、亡くなった人の50回忌だと言っていたな。50回忌までつとめるとは家族思いの人たちだ。亡くなった方もさぞや喜んでいるだろう。

目の前のおじさんが「失礼ですが、あなたはどちら様ですか？」と聞いた。

えぇと、私は、私は、どちら様だっけ？　なんでここにいるんだっけ？　あぁそうだ、思い出した。ここは俺のうちだ。なんだ、そうだよ、ここは俺のうちなんだよ。ちょっと待てよ、俺のうちならこの男は誰だ？　この男こそなんでうちにいるんだ？　不愉快だな、よし、こっちからも聞いてみよう。

「あなたは、どちら様ですか？」ハッハッハ、この男、面食らっているぞ。50回忌の参拝者かな、ということは、親戚なのか？　ん？　誰の50回忌だ？

「こちらの家のものです」

こちらの家のものですだって、何を馬鹿なことを言ってるんだ。どうもこのおじさんは間抜けな顔をしている。年の頃なら50過ぎか、おっ、なんだ、婆さんが出てきたぞ。

「あの、あなた様は二郎さんのところの息子さんですか？」

なんだこの婆さんは、この婆さんもわけ分からないことを言い出したぞ。二郎、二郎、二郎は聞いたことがあるな、そうだ、俺の兄貴の名前も二郎だった。

「失礼ですが、お名前は?」と、こんどは婆さんが聞いた。

お名前は? ときたか、名前は、名前……そうだ、思い出した。

「五郎です」

「五郎、五郎……はて、二郎さんのところに五郎さんなんていたかしら?」

なんか、聞かれてばっかりでシャクに触る、こちらからも聞いてやろう。

「失礼ですが、あなたはどちらさんですか?」

「五郎の息子です」

「五郎の妻です」

はて? 五郎の息子と妻って一体誰だろう?

「母さん、どうしたの?」

「いやね、死んだ五郎さんによく似てるのよ」

「まぁ、お父さんの親戚筋だとしたら似てくるよね」

「そうねぇ」

「失礼ですが、どちらの五郎さんですか?」おじさんが聞いた。

まったく矢継ぎ早に次から次へとよく質問してくるなぁ……ちょっと待て、まだ頭がはっきりしないんだから。どちらの五郎さんかと聞かれると、えぇと、確か……。

「高橋善吉、そう、高橋善吉の息子の五郎です」

そう答えると、目の前の婆さんの目がみるみる見開き、口が大きく開いたかと思うとあがあがと言葉にならないうめき声を発しだした。体は仰け反り、右手が上がりどこか空中を指し示し、ヒィーという声を上げたかと思うとその場にひっくり返ってしまった。隣にいたおじさんが倒れた婆さんを抱えて、「お母さん、お母さん」と声をかけている。私もこれは一大事だと立ち上がって台所を探して、水を一杯汲んで持ってきた。

幸い婆さんはすぐに正気を取り戻し持ってきた水をゴクゴクと一気に飲み干しひと息つくと、私を見て「五郎さん」と言った。

「はい」と私が答える。

婆さんはやはり先ほどと同じように右手で空中を指し示す。私とおじさんが婆さんの指差した先を見ると、黒ぶちの額の写真が飾られている。そこには、私とよく似た男の写真があった。婆さんの指先が動き自分に向いた。

「五郎さん」婆さんは幽霊を見るような目で私を見る。もう一人のおじさんは写真と私を見比べて「似てるなぁ」と感心している。

これは一体どういうことだ？　この二人は一体誰だ？

「あなたはどなたですか？」驚いた顔でおじさんが私に尋ねる。

「五郎です。高橋五郎です」

「あなたの父親の名前は？」

「高橋善吉です」

「あなたは結婚してますか？」

「はい」

「奥さんの名前は？」

「月子」

「ヒィー！」と唸ってまた婆さんが白眼を向きそうになった。

「それじゃ、子どもはいますか？」

「はい」

「名前は？」

「真一郎です」

「ヒィー！」今度は知らないおじさんが悲鳴をあげた。

「ちょ、ちょっと、もう一杯麦茶を入れてきましょうね」婆さんはそう言って立ち上がり台所に消えていくと、知らないおじさんも婆さんの後を追って消えていった。私は壁に掛けられている黒ぶちの写真をもう一度眺めた。見れば見るほど自分によく似ている。

台所では、お婆さんがコップに麦茶を注ぎ、氷を入れて準備をしながら息子の真一郎と話をしている。お婆さんはあまりのことに震えていた。


「あの人は五郎さんよ」

「そんなバカな話あるわけないじゃないか」

「でも、あなたも聞いたでしょう」

「たくさんいる従兄弟の一人じゃないの？」

「写真を見てみなさい、そっくりなんだから」

「親戚だからだよ」

「いいや、あれは五郎さんよ」

「それじゃお父さんってことになるじゃない」

「きっとそうなのよ、出てきたのよ」

「そんなわけないだろう、そんなこと言ってるとボケたって言われるよ」

「それじゃ、夫婦にしか分からないことを聞いてみるから」

「例えば？」

「お父さんだったら右耳の上に怪我があるのよ。トラックの運転手をしていて、ドアを占める時にガリってやったのよ。血がたくさん出て私心配したんだから」

「分かった、分かった、それを確認してみよう」


お盆に冷たい麦茶とお茶菓子を持って婆さんとおじさんが戻ってきた。

「お茶です、どうぞ」

私は差し出された麦茶を一気に飲んだ。何杯飲んでも喉の渇きが癒えることはない。ごちそうさまとコップを置いたが、どうも先ほどから二人の視線が気になって仕方がない。なにやら私の方を見ながらぶつくさ言っている、ほら傷がとか、本当だ、とかなんとか。

「私の顔に何かついていますか？」

「えぇ、ちょっと、その耳の上の傷は？」と婆さんが聞いた。

「あぁ、これですか、昔トラックのドアで怪我した時の傷で」と答えると、二人が震えだした。

「あの、喉が渇いてるようですから、麦茶をもう一杯持ってきましょうね」と言うなり二人が立ち上がりそそくさと台所に消えていく。なんとも落ち着きがない人たちだ。

台所では二人が震えながら手を取り合っている。

「ほら、やっぱり五郎さんなのよ」

「いや、たまたま同じ怪我なんじゃないか」

「あなた、まだ信じないの？」

「だって、こんな話信じられるわけないじゃないか」

「あなたのお父さんなのよ」

「……そんな、だって若いよ」

「そりゃそうよ、32歳で死んだんだから」

二人は仏間に座っている父親を覗いてみる。父親はボッーと部屋を見回していた。

「もし、もし、本当にお父さんだとしたら、あれは幽霊だろ。自分が死んでるって知ってるのかな？」

二人はもう一度父親を見た。

「足はあるわね」

「今時、幽霊に足がないと思ってるのは年寄りだけだよ」

「お茶も飲んだわよ」

「そうだね」

「透けてないのね」

「オレに聞かれても分からないよ」

「五郎さん……」

「もしかしたら、死んだことも知らないし、僕たちのことも分かってないんじゃないの？」

「そんなことないわよ」

「だって、本人は死んだ時のままの姿でしょう、年をとってないんだよ」

「お母さんは毎日お仏壇にお参りしてたんだから、私のことは分かってるわよ」

「分かってる反応じゃないよ」

「……真一郎、あんた聞いてみて」

「……あぁ、分かった」

二人が戻ってくると、「麦茶のお代わりはいかがですか、よかったらお菓子も」と言う。私は遠慮なくお菓子に手を伸ばすと、なにやら柔らかくて口に入れるととろけてしまう美味しいお菓子だった。

「あの、五郎さん」とおじさんが聞いた。

「はい」

「えぇと、私たちのことが分かりますか？」

「ん？」この人たちは変なことを聞く、初対面なのに分かりますかと言われて分かるわけないじゃないか。

「いや、ちょっと、初めてですよね」

「ははは……」と言って二人はまた去っていった。

台所では震える手をお互いが抑えている。

「やっぱりだ、やっぱり、僕たちのことも分かってないし、死んだことも分かってないんだ」

「どうしましょう？」

「どうしよう？」

「なんとか、思い出してもらいましょう」

またあの二人が戻ってきた。すると婆さんが私の前に座り手を握った。

「五郎さん」

な、なんだ、この婆さん急に手を取って五郎さんって気持ち悪いぞ。私は反射的に手を払いのけた。婆さんは悲しそうな顔をして、一歩下がった。

次に知らないおじさんが一歩にじり寄り、私を見て「お父さん」と呼んだ。な、なんなんだ、この二人は、頭がおかしいんじゃないか。こんなおじさんにお父さんなんて呼ばれる筋合いはないぞ。立て続けにまた婆さんが私の手を取って「五郎さん」と言った。な、なんなんだ。なんなんだ。おじさんがまた一歩にじり寄ってきた。私は一歩後ろに下がる。なんなんだこの二人のこの圧力は……おじさんが真剣な顔で話し始めた。

「五郎さん、混乱するのも無理はないし、僕たちも混乱しています。実は、五郎さんは、50年前に死んでいるんです。私はあなたの息子で真一郎。こちらは私の母で、つまりあなたの奥さんです」

「この婆さんが？」

「あなたの妻です」

「あなたは？」

「息子の真一郎です」

「だって、あんた俺より年上だろ」

「はい、今年で50歳になりました」

「俺はまだ、32だよ、そんな歳の子どもがいるわけないじゃないか」

「五郎さんは死んでからもう50年になるんです」

私は振り向いて仏壇を見た。

「そうです、今日は五郎さんの50回忌を先ほどまでやってたんです」

「！」

壁にかけられている黒ぶちの写真を見る。

「五郎さんの写真です」

「！」

当然そんな話に納得できるはずはなく、

「あなたたち頭がおかしいんじゃないか、そんな話誰が信じると思うね？」と言うと、婆さんが古いアルバムを持ってきた。

「これを見てください。この写真に見覚えはありますか？」と一枚の白黒の写真を見せてくれた。

「あぁ、これはこの家で披露宴をした時の写真だ。これが私で、隣に写っているのは妻の月子だ。懐かしいなぁ、5年前の写真か」

アルバムをめくると、今度は私が抱っこしている小さな赤ちゃんの写真が出てきた。真一郎の生まれた頃の写真だ。「ほら、真一郎だ。可愛いだろ」私が真一郎をあやしている写真や、月子との三人の写真が続き、その後、私の写真はなくなった。真一郎の写真はカラーとなりアルバムをめくるたびに成長し、寄り添う妻の月子も面影を残しながら年を重ねている。その中のどこにも、父である私はいなかった。真一郎は結婚して月子が孫を抱っこしていた。アルバムの写真の、成長していく二人の姿を追っていくと目の前の二人に行き着いた。確かに月子と真一郎の50年の時間経過が目の前の二人であるように思える。だが、まだ自分が死んだという現実を受け入れられない。

「それじゃ、私は本当に死んだのか？」

二人が顔を見合わせて頷く。

「嘘だろ?」

二人が真剣な顔で首を横に振る。

「そ、それじゃ、私はどうやって死んだと言うんだ?」

「肝臓が悪くて、病院に入院してたんですけど、覚えてないですか?」と婆さんが言う。

「そうか、そういえば、なんか、そんな気もしてきた」

「加藤病院に」

「そうだ、加藤病院だ……夏にスイカを食べていたら、血を吐いて」

「はい」

「そのまま入院したんだ」

「はい」

「夏の暑い日だった、白いシーツのベッドに寝て、窓を開けても生暖かい風しか吹いてこなくて」

「はい」

「扇風機が回っていた、喉が乾いてヒリヒリして、俺は妻に水を飲ませてくれと頼んだんだ」

「はい」

「水差しが目の前にあった。手を伸ばそうとするんだが、もう、手も伸ばせなくて、それで妻に水をくれと言って……妻は水を飲ませてくれなかった」

「水を飲ませてはいけませんって病院の先生がおっしゃって」

「確か親父もいたんだ。親父が飲ましてやったらどうだって……それでも、妻は飲ませてくれなかったんだ」

「あの時は、お水を飲ませたら五郎さんが死んじゃうって思ってたから」

「俺は妻が鬼に見えた」

「えぇ、五郎さんは私を見て、鬼とおっしゃって」

「そうだった」

「それが五郎さんとの最期の会話だったんですよ」

「そうか、それが最期の言葉になったのか……俺は死んだんだ」

「はい」と言って婆さんが悲しそうな顔になった。

「本当に、月子なのか?」

「はい……あの時、飲ませてあげればよかったですねぇ」

「水をくれ」

「いくらでも」

婆さんは少し微笑みながら私に麦茶のコップを渡してくれた。私はそれを飲んだ。美味しい。どうりで喉が乾くはずだ。

「そうか、あの時死んだか」

「はい」

「死んで、50年が経つのか……生きていた時よりも長い時間だ」

「はい」

「真一郎か」

「はい」

「大きくなったな」

「はい」

「赤ちゃんだったのにな」

「父さん」

「……初めてだな」

「えっ？」

「父さんと呼んでもらうのは」

「僕も初めて呼びました。なんだか照れますね」

「そうだな」

「なんか、僕の方が年上みたいだから」

「確かにそうだ」

確かに、目の前にいる真一郎を見ていても自分の子どもの感じがしない。アルバムの中での成長をみれば間違いなく自分の子どもなのだが……それよりも、自分の親父だった善吉の面影が少し残っていて、父さんと呼ばれるとなんだかおかしな感じがする。

「……死んで50年経つのか」

50年という歳月を想像した。自分が32歳で死んだことから考えると、50年は途方もない時間のように感じた。

「お前たちにも苦労をかけたな」

「父さん……」

「五郎さん……」

二人が私を見て涙ぐんでいる。どうやら本当に私は死んだらしい。そして私は本当に幽霊のようだ。私は化けて出てきてしまったのか。

「お前たちがこうやって無事に生きているのが嬉しいよ。どうだ、幸せか？」

「まぁ……ね」と真一郎が言った。

「はい」と婆さんが言った。

「そうか安心したよ。うん、安心した」

「父さん」と言って真一郎が私の手をとった。妻だった婆さんも私の手を取った。二人が私を見つめている。ちょっと物悲しそうに、そして何か訴えるように。

「どうしたそんな目で見て」

「せっかくこうやって会えたのに、もう成仏してしまうんじゃないかと思って」

「ありがとうな……」

みんな、無言になった。しばらく経った。

「成仏しないな」私自身いつ成仏するのか、よく分からなかった。

「父さん、せっかくだからもう少し成仏しないで楽しんでくれよ」

「あぁ、そうか、そうだな」

その日の夜は親子三人で食卓を囲んだ。私は久しぶりにお寿司を食べた。記憶に残っている味よりも数段に美味しい。きっと魚の鮮度自体が良くなっているのだろう。

私自身が死んだことを受け入れれば後は簡単だった。二人は私が子どもの頃の話を面白がって聞いてくれた。妻にとっても50年ぶりに聞く話だし、真一郎からすると初めて聞く父親の子ども時代の話だ、どんな話をしても退屈せずに聞いてくれる。ただ、真一郎が想像していた父親とあまりにも違っていて幻滅させるのではないかとそれが少し心配だった。息子の話も聞いた、どんな子ども時代だったのか、今どんな仕事をしているのか、あったこともない孫たちのこと。私はビールを飲み、お酒も飲んだ。そしていい気持ちになって眠ってしまった。

「父さん、眠っちゃったね」

「そうね」

「楽しかったんだろうね」

「えぇ」

「父さんは意外と良い男だったんだね」

「そうよ、優しくてね、ちょっと短気なところがあったけどね」

「父さん、若いね」

「本当、あの時のまま」

「もっと話したかったな」

「このままずっといるんじゃないかしら」

「ハハハ……そうだ、布団を敷いてあげよう、布団で寝るのも久しぶりだろうから」

真一郎はそう言って立ち上がると仏間に客用の布団を敷き始めた。そして寝ぼけ眼の私を支え、布団に寝かしてくれた。


朝、私は清々しい気持ちで目覚めた。まだ、二人は起きていないようで、リビングには誰もいない。私は冷たい麦茶を飲んで、ゆっくりと朝の時間を楽しんだ。しばらくすると物音と共に真一郎が起きてきた。

「おはよう」

私が挨拶をすると真一郎はびっくりした顔になった。

「お、おはよう父さん」

妻である婆さんが起きてきたときには「お父さん天国に帰っちゃったね」と言いながらリビングにやってきて、私の姿を見て腰を抜かしそうになっていた。

「ま、まだいらしたんですか？　布団が空だったからてっきり」

真一郎が目で母親をたしなめると、妻である婆さんが空気を変えようとして「コーヒーを淹れましょうか？」と聞いてくれた。コーヒーも好きでよく飲んだものだ。「おぅ、もらおうか」と言うとインスタントではなくドリップ式のコーヒーを淹れてくれた。50年前に飲んでいたコーヒーとは別物だった。家庭でドリップ式のコーヒーが飲めるようになるなんて……なんて香りが良く、苦味と酸味のバランスが良いのだろう。気持ちがゆったりととろけるようだ。

そうだ、何か物足りないと思っていた。「おぅ」と呼びかけて、やはり言い直した。

「あの真一郎君、タバコはあるか？」

「タバコ？」

「なんだ、真一郎君は吸わないのか」

「父さん、タバコ吸うの？」

「そういえば、五郎さんはタバコを吸ってたわね」

「家にないのか、買いに行ってくるよ」

「五郎さん、一緒に行きましょうか」

「えっ、婆さんとか」

一瞬気まずい空気が流れた。

「あっ、まって、父さんが行っちゃまずいよ、僕が行くから」

そういうと、真一郎はサンダルをつっかけて、「父さん銘柄は何？」と聞くので、ハイライトを頼んだ。なんでも、お金のデザインは変わったし、物価は高くなったし、店の形態も変わったから変化についていけないだろうから買い物はやめたほうがいいということだった。50年でそんなに変わったのだろうか？

ほどなくして真一郎が戻ってくると、見たこともないパッケージのハイライトとライターを渡してくれた。記憶にあるハイライトと少し違っていた。ロゴの下に何やら説明が書いてある。その説明を読むと、健康がどうだとか書いてある。

「なんだ、タバコは害があるのか？　こんなこと書いてなかったけどなぁ……」とつぶやきながら一本咥えて火をつけると、二人がちょっと嫌な顔をした。

「どうした？」

「父さん、悪い、タバコは外で吸ってよ」

「なんだ？」

「いいのよ」と妻である婆さんがガラス製の大きな灰皿を戸棚の奥の方から取り出して、真一郎をたしなめた。私はゆったりとした気持ちでタバコの煙を吐き出す。煙の向こうに二人の顔が見えた。

一服した後、妻である婆さんが用意してくれた朝食を食べた。ご飯に味噌汁に納豆に目玉焼きだ、知らない食器に、口にしたことのない味の味噌汁だった。朝食を食べながら改めて部屋の中を見回すと、自分の知っている家具が一つもないことに気がついた。新婚生活にと買った扇風機も、月賦《げっぷ》で買った白黒テレビも、洗濯機も、冷蔵庫も、部屋を明るく照らす蛍光灯も、水を出す蛇口すら全部変わっていて、はじめて目にするものばかりだった。唯一見覚えのあるものは父の善吉が私たちのために建ててくれたこの家の間取りだけだ。

朝食を食べ終わると、時間を持て余した私はちょっと散歩に出かけることにした。タバコを買いに外に出るのは止めた真一郎も、買い物をしなければという条件で散歩してもいいと許可を出してくれた。

家から一歩外に出るとアスファルトが綺麗に舗装されていて、ドブにもきちんと蓋がしてある。綺麗になったものだなぁと思って歩き始めたが、記憶にある建物が一つもなかった。しかし道だけは分かった。この路地を曲がれば金物屋、この角には洋服屋、この通りのまっすぐ先には八百屋、道はあるのだが、本来そこにあるはずの店は一軒もなかった。オート三輪も一台も通ってない。車は皆大きく豪華で迫力があった。道路に並行して流れていた川もなくなり、その分道幅が広くなっている。昔田んぼだったところに田んぼはなく、見たこともない西洋風の家が建ち並び、トタン屋根の家は一軒もない。子どもの頃一緒に遊んだ友達のバラックのような家もなくなっていた。畑仕事をするモンペのお母さんたちもいなくなった。道ゆく爺さん婆さんの中に、もしや知り合いがいるかもしれないと思って見ても、昔の面影から探すことはできなかった。当然のことだが、私を知る人は誰もいない。道端でタバコを一本吸って、吸い殻をポイと捨てると通りがかりのおばさんに睨まれた。

そのあと自分の育った家を見にいった。何か自分との繋がりがあるものが残っているのではと期待したが、思い出にあるものは何一つなかった。自分が暮らしていた大きな母屋も、産みたての卵を取りに行った鶏小屋も、おやつ代わりに食べたイチジクの木も、畑の肥やしに使うポットン便所も何もなかった。生まれた家も近所のどこにも自分の存在の痕跡を見つけることはできなかった。

三日が過ぎた。この三日間私たちはよくしゃべり、よく笑った。真一郎は車に乗せてくれて街を案内してくれた。街は大きく様変わりして、ビルが建ち、川がなくなり、沼もなくなっていた。なにを売っているのか分からない店が増え、商店街は閑散としていた。子どもの頃に旗を振って開通を祝った線路は廃線となり、港に停めてある漁船に木造船は一隻もなかった。真一郎は昔の話に付き合ってくれて、へぇと毎回感心して聞いてくれる。妻だった婆さんも「そうだった、そうだった」と懐かしそうに頷いてくれる。でも、私の話は思い出の風景ばかりだと嫌でも気づかされた。

50年前の田舎にあまりなく、給料も安かった自分たちは入ることがなかった喫茶店が、今はあちこちにあり値段も安いと聞いて三人で入ってみた。コーヒーが運ばれてくると、真一郎は仕事の電話と言って小さな機械を耳に当てて店の外へ出て行った。

「携帯電話っていうんですよ」

「あれが、電話か？」

「はい」

「線は？」

「ないんです」

「線がないのか……」

会話が途切れてしまった。妻だった婆さんなのだから、夫婦の会話をしなくてはいけないのだが、まだ婆さんになった妻に慣れない。この婆さんは若い俺を旦那としてみているのだろうか？

馴染みの店員がこの婆さんに声をかける。

「あら、月さん、今日は息子さんと一緒ですか？」

「息子じゃないんですよ」

「お孫さんですか、いいですね」と言ってお水を注いで去っていく。この婆さんはニコニコ笑って「お孫さんですって」と楽しそうだ。

この婆さんに話しかけようと思うが、なんと声をかけたらいいのか分からない、どうしても80近い婆さんという見かけの抵抗感が大きい。当時は月子と呼び捨てにしていたが……この婆さんがこっちをじっと見ている……。

「……あのな」思い切って話しかける。

「スーツ姿が立派ですね」

「あっ、あぁ。真一郎君のだけどな」

「作業着ばかりでスーツ姿はあまり見なかったから」

「あぁ」あのことだけはきちんと伝えておかなければ。「……あのな」

「ちょっと手を触らせてください」

私はテーブルの上に手を差し出した。この婆さんのしわくちゃの手が私の手を優しく撫でる。

「ちっとも変わらない……私の手はしわくちゃね」と言って婆さんは自分の手を引っ込めた。

「……あのな」

「はい」

「砂糖は何個だ？」

「五郎さん、いいですよ、私がやりますよ」

「いや、いい、俺がするから、砂糖は何個だ？」

「それじゃ、一本」

「一本？　あぁ、これか」砂糖壺に角砂糖が入っているかと思ったら砂糖は個別包装されていた。これを一本だな。この婆さんのコーヒーに砂糖を一本入れ、スプーンでかき回していると、

「フレッシュも入れてくださいね」と言って、小さな容器のツメをプチンと折って私に渡してくれた。白い液体は牛乳の濃いものに見えた。それを入れてスプーンでかき回してそっとカップをこの婆さんの方へ押し出す。この婆さんは私の目を見たまま、嬉しそうに微笑んでいる。

まだ、この視線に慣れない。私は視線をそらし、コーヒーをすすった。

「俺は恨んでなんかないから」

「何がです？」

「入院していた時の水のことだよ」

「……よかった」

「だから、自分を責めなくていいからね」

「……」妻だった婆さんは目を真っ赤にして小さくなった目に大粒の涙を溜めていた。そうだった、月子は昔から涙もろかった。

「それと、お前のことを鬼とか言って悪かったな。すまない」

「嬉しい……あぁ、嬉しい」

自分の中でつっかえていたものをきちんと伝えることができた。よかった。清々しい気持ちになった。そこへ真一郎が戻ってきた。真一郎は涙ぐむ母を見て怪訝そうな顔で私を見た。

「心配するな、夫婦の問題だ」

真一郎から自分の墓は高橋家先祖代々の墓の隣に建てたことを知らされ、そういえばまだ親父の墓参りに行っていないことに気づき、三人で墓参りに出かけた。子どもの頃によく遊んだ墓地は昔のままで、見覚えのある懐かしいお墓があちこちにあった。知り合いのような地蔵様にも手を合わせた。その後、奥にある高橋家先祖代々のお墓にお参りした。線香の香りが染み付いているようなお墓だ。記憶にあるお墓よりもほんの少し苔むしたような気がする。墓碑を見ると親父の善吉は30年前に亡くなったと記されていた。母親は25年前に、兄は10年前に亡くなっていた。ろうそくを灯し、線香を立て、私は手を合わせ三人の冥福を祈り、両親よりもずいぶん早く死んでしまった親不孝を謝った。変な話だった。

そのお墓の隣に比較的新しい高橋家の墓がある。墓碑を見ると五郎という名前があり、50年前に亡くなったと記されていた。息子と妻である婆さんがちょくちょくお墓参りをしてくれているのだろう、墓の周りに草はなく、墓石には鳥の糞もなく綺麗に磨かれていた。私の喉が乾かないように水がお供えされており、月子の心遣いを感じる。三人で私の墓にも手を合わせた。もっと変な話だった。

風がそよぎ、子どもの頃からふた回り大きくなったケヤキの木が葉を揺らして懐かしい音を聞かせてくれた。

結局50年前と変わらずに私を出迎えてくれたのはこの墓地と親父が建ててくれた家だけだ。

夕方、食事を終えると真一郎が言いにくそうに口を開いた。

「俺、明日には帰らないといけないんだ」

「帰るってどこにだ？」

「家だよ」

「ここだろ」

「今、生活は福岡なんだ」

「なんだ、それじゃここは？」

「母さんが一人で暮らしてんだ」

「なんでだ？　なんで一緒に住まないんだ？」

「なんでって」

「お前、母さんを捨てたのか？」

「違うよ」

「五郎さん、真一郎には真一郎の生活もあるから」

「生活があっても母親を一人で暮らさせるってどういうことだ？」

「一緒に暮らせたらとは思うけど、家も狭くて……」

「五郎さんいいのよ、私も一人で暮らせるうちは暮らすから」

「じゃあそのあとは？　母さんが動けなくなったらどうするんだ？」

「施設に入るのよ」

「施設って」

「五郎さん、今の施設ってそれはすごくいいのよ」

「真一郎はそれでいいのか？」

「いや、いいとは思ってないよ、いいとは思ってないけど、友達や親戚のいない福岡がいいのかって話になるじゃない？」

「そんなこと言ってるんじゃない。子が親の面倒をみなくてどうするんだ！」

「五郎さん」

「母さんと一緒に住んで、お前の嫁さんに面倒みさせろ」私はイライラした。

真一郎が少し嫌な顔になった。

「父さん、それは乱暴だよ」

「何が乱暴だ、嫁に面倒みさせればいいんだ」

「今はそんな時代じゃないんだ」

「そんな時代じゃないだと、時代なんか関係ない、ずっとそうしてきてるんだ」

「洋子にも仕事があるし、子どもだってまだ小さいし」

「女に仕事なんかさせなくていい、家にいたらいいんだ」

「五郎さん」

「お前は黙ってろ」

「母さんに仕事をさせたのは父さんだろ。母さんはずっと働いてくれたよ、父さんがいなくなって……父さんは母さんがどれだけ苦労したか知らないだろう、朝から晩まで工場で働いてたんだぞ」

「だから、その母さんを捨てるなって言ってるんだ」

「俺だってそうしたいよ」

「だったらそうすればいいだろう」

「いろいろ事情があるんだよ」

「事情なんか知るか！　俺は、親を捨てるなって言ってるんだ！」

「洋子が一緒には暮らしたくないって言ってるんだ！」

真一郎の言葉を聞いて妻だった婆さんが寂しそうな顔になった。真一郎が母親の顔を見てすまなそうに「お互い我が強いから衝突しちゃうんだ」と言った。そういえば、この場に真一郎の嫁の姿がないことを不審に思っていたがそういうことだったのか。

「そんな嫁なんて捨てろ！」

「勝手なこと言うな！　急にしゃしゃり出てきて親父面するなよ！　俺だって母さんと一緒に暮らせるのが一番だと思ってるよ。でも、狭い家で一緒に住んだら絶対ギスギスするから嫌だって言うんだ。それでも一緒に住むなら子どもと出て行くっていうんだから仕方ないだろう。俺は母さんも大切だけど、洋子も大切なんだ。それより何より俺は子どもたちのそばにいて、父親でいたいんだ、父親として子どものそばにいてやりたいんだ、まだ下は10歳なんだよ。俺が10歳の時にどれだけ寂しい思いをしたか知らないだろう、俺が寂しかったから自分の子には父親と母親が揃った家庭で子育てがしたいんだ。だから俺だって悪いと思って、せめてちょくちょく母さんに会いにきてるんだ」

「真一郎、もういいよ、お前の気持ちは分かってるから。ここにはね、友達もいるし、お母さんの兄弟も近くにいるから、あとは施設に入って面倒見てもらうから。お前がこうしてきてくれるのがお母さん嬉しいよ。お前が幸せだったらそれが一番嬉しい」

「父さん、なんで今更出てきたんだ？」

真一郎は涙を浮かべていた。月子も目を真っ赤にしていた。私はなんてことを言わせてしまったのだろう。真一郎の嫁の話はお互いに分かっていても口に出さずにいることで決定的に傷つかないようにしていたはずなのに、私がでしゃばったおかげで言いたくないことを言い、聞きたくないことを聞かせてしまった。

私は外に出て頭を冷やすために一服した。

私は真一郎の寂しさも知らなかったし、月子の苦労も知らなかった。今更それを取り戻すこともできない、二人の力になってやりたくても何もできない。自分の存在の虚しさを思い知らされた。二人のために何かしてやれることがあるんじゃないかと思ったけど、それはおこがましいことだった。父親の死を乗り越えて必死に生きてきた場所に、自分の居場所がないのも当然だ。むしろそれは、いいことだ。死んだ俺の居場所があるなんて考えたらそっちの方が間違っている。そうだ、ここには自分の居場所はない。分かっていたはずなのに二人の優しさに甘えてしまった。声に出して自分に言い聞かせる。

「ここには自分の居場所はない」

薄暗がりの中我が家を見ると、トタンの壁は当時のままだが何度かペンキを塗ったのだろう、自分が住んでいた頃の家の色と違っている。窓枠はサッシになり、雨戸も変わっていた。洗濯物を干しやすいようにとトタンで庇をもうけたが、そのトタンが破れ朽ちていた。風呂とトイレは新しく改装してあった。真一郎に見せようと思って作った池は石の囲いを残すだけで今は紅葉が植わっている。私は縁側に座った。

「古くなったでしょう」

妻だった婆さんが隣に腰掛けた。

「あぁ……この家はどうするんだ？」

「この家は……」

「真一郎はこの家には帰ってこないんだな」

「えぇ」

「俺の父さんが建ててくれた家なんだ、田んぼを一枚売って建ててくれた」

「そうでしたね」

「俺は数年しか住めなかった」

「えぇ」

「でも、お前や真一郎を育ててくれたんだな」

「えぇ」

私はしばらく家を眺めていた。家のどこにも自分がいなかった。家が一瞬明るくなった。青白い月が雲の切れ間から姿を現した。月子を見ると、月明かりに照らされて50年前の若い月子がいた。

「月子」

「やっと、名前で呼んでくれた」

月子は私を見てニコニコ笑っていた。月子の手がそこにあった、私はその手を取り、優しく撫でた。

「ずいぶん苦労をかけたな」

「そうですよ、どれだけこうやってお話がしたかったか」

「辛かったか？」

「……はい」

「そうか」

「……相談したいこともあったし、

……甘えたいこともあったし、

……そばにいないことが心細くて寂しくて、

……でも、こうやって会いにきてくれた。

……会いに来てくれた」

月子が私の手を頬に当てる。

「かき乱しちゃったな」

「いいの、真一郎のことは分かってたことだから」

「月子、ありがとう……」そう言うと、自分の体が軽くなり始めた。そうか、俺はこのことを伝えに来たんだ。月子はまた目を真っ赤にしていた。

「嬉しい」と言って、泣いた照れ隠しなのかへへへと笑った。

「ちょっと居心地が良かったから長居しちゃったよ」

「もう行っちゃうんですか？」

「あぁ、向こうで待ってるよ」

「えぇ、五郎さん、私もすぐに行きますから待っててくださいね」

「あぁ」

「五郎さん、会いにきてくれてありがとう」

月子が笑顔で私を見送ってくれる。
私も笑顔で月子を見る。
心も軽くなった。
この世に居場所がないのもいいものだ。

本作は書き下ろしです。

高橋 徹郎（たかはし・てつろう）

1967年愛知県生まれ。福岡県糸島市在住。

九州芸術工科大学芸術工学部卒。

劇団を主宰し、ＫＢＣドォーモリポーターやラジオパーソナリティーとして活躍。また、フジテレビ「世にも奇妙な物語『過去からの日記』『命火』」や福岡放送「瞳スーパーデラックス」「パラダイスチケット」ＫＢＣドォーモのドラマ「三日後の殺意」など多数のテレビドラマ、ラジオドラマの原作や脚本を担当する。

2014年から糸島市議会議員を１期務める。

誰もいない街

2018年12月7日　第1刷発行

著　者　高橋徹郎
発行者　田島安江
発行所　株式会社 書肆侃侃房（しょしかんかんぼう）
〒810-0041 福岡市中央区大名 2-8-18-501
TEL 092-735-2802　FAX 092-735-2792
http://www.kankanbou.com
info@kankanbou.com

編　集　田島安江／池田雪（書肆侃侃房）
装丁・ＤＴＰ　園田直樹（書肆侃侃房）
印刷・製本　シナノ書籍印刷株式会社

ISBN978-4-86385-350-8　C0093